Rainar Nitzsche: ES bricht hervor aus dir

AF201421

Nachruf Olsen

Er war ... Er starb ...

Wenige Texte hinterließ er, die so sehr denen eines Rainars ähnelten, dass dieser ihn, gerührt, weinend und lachend vor Glück, einen Bruder gefunden zu haben, in seinem Einmannverlag sogleich veröffentlichte.

Olaf Olsen, geboren 1974 in Kaiserslautern, gestorben 2006 in Klingenmünster. Erste Texte von ihm erschienen 1994 in der Anthologie *Märchens Geschichte*. Dies hier ist sein drittes eigenständiges Buch. Er hat es erschaffen. Es ist geschrieben. Es existiert für kurze Zeit in der Menschenwelt, also für alle Ewigkeit. 2005 erschien sein erstes Werk mit dem Titel *Die Meere des Wahnsinns*, dem die zweite Sammlung mit Kurzprosa *Höllen-Fahrten-Leben-Träume* im selben Jahr folgte.

OLAF OLSEN

ES
BRICHT HERVOR AUS DIR

Horrorgeschichten und -gedichte

Die Deutsche Nationalbibliothek verzeichnet diese Publikation in der Deutschen Nationalbibliografie; detaillierte bibliografische Daten sind im Internet über dnb.d-nb.de abrufbar.

Impressum
Olaf Olsen
ES bricht hervor aus dir
Neu gesetzte, korrigierte Auflage als Taschenbuch (1. Auflage handsigniert, nummeriert als Paperback: 2006 im Rainar Nitzsche Verlag / als E-Book 2017 bei Bookrix)
Lektorat und Fotokunst *(Alien-Mutti und ihre Kinder, Olaf)*:
Dr. Rainar Nitzsche
Computersatz: Dr. Rainar Nitzsche.

© 2019 Herstellung und Verlag:
BoD – Books on Demand, Norderstedt
ISBN 9783748188926

Allen Göttern
die uns einst fanden
die wir erfanden
und den Wesen
die so anders sind
als wir

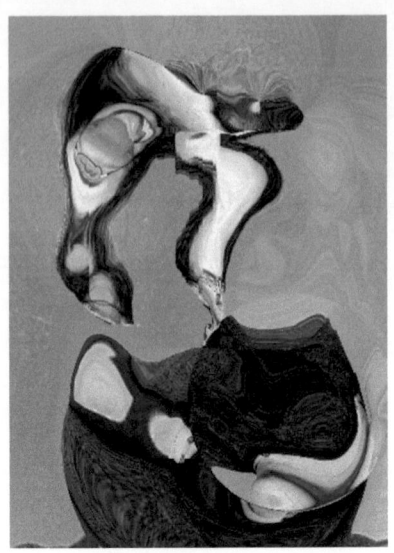

Das also ist Olaf Olsen!?

So ist er doch kein Gottesanbeter.* So war das nur die Maske, hinter der er sich verbarg.

Und auch das Foto auf seinem Höllenbuch** war nur Schein?

Doch soll dies verzerrte Bild hier das Foto eines Menschen sein?

*: Auf dem Backcover von *Die Meere des Wahnsinns* (Original).
**: Auf dem Backcover von *Höllen-Fahrten-Leben-Träume* (Original).

Warum ES?

Nennen wir dieses Wesen ES.

Denn hat ES ein Geschlecht wie wir oder zwei oder drei oder mehr oder keins?

Nein! ES ist weder männlich noch weiblich, sondern geschlechtlich neutral. ES ist anders, ist männlich und weiblich zugleich. ES ist eins und Viele zugleich. ES ist substanzlos, reine Energie und doch ... ES lebt dort draußen, jenseits aller Menschenwelten und -zeiten, so fern und unerreichbar. ES ist uns nah, ES lebt in uns. Nenne ES Gottheit. GOTT aber ist alles, also ist ES auch nur ein Teil von GOTT, wie wir alle. ES ist Einzahl, ES ist Vielheit. Also nenne ich, der ich all die Formen in meinen Visionen sah, die ich nun beschreibe, sie und Die Alten Wesen von H. P. Lovecraft, die so weit entfernt und jenseits jedes menschlichen Verstehens existieren und in vielfacher Zahl eine Einheit bilden, und auch ES bei Stephen King, ES von T-her in den Pfad-Romanen von Rainar Nitzsche und die kleinen Götter und Monster, die vielerlei Gestalt annehmen, also nenne ich sie alle hier in diesem Buch einfach nur ES.

Ach ja, eigentlich wollte ich die 77 Texte in Kapitel anordnen, die da lauteten: Alles ist ein Traum / ES dort draußen / ES kommt / ES wird geboren / Du siehst ES / ES ist hinter dir her / ES ist in dir / ES bricht hervor aus dir / Du betest ES an / ES geht / ES kehrt zurück / ES und ER dort oben. Doch dann meinte mein Verleger, da ginge ja eine Menge Spannung verloren, wenn man schon weiß, dass da z. B. in allen Texten eines Kapitels etwas aus einem herausbrechen wird. Zudem wären die Texte der ersten beiden Bücher ja auch alphabetisch angeordnet, also sollte es auch beim dritten Band so sein. Also gab ich nach, immerhin stellte er jeweils einen längeren Text von mir als Prolog und Epilog ins Buch. Ich ließ ihn noch 42 Bilder* hinzufügen, die meiner Meinung nach mehr oder weniger passend sind. Dann änderte der mir doch glatt wieder einmal auch noch die Worte Mond und Sonne in Mondin und Sonn um, scheint ein Spleen von ihm zu sein. Doch was kann man als kleiner Autor schon machen, da muss man froh sein, überhaupt einen Verleger zu finden, der auch noch das Geld aufbringt, die Bücher zu drucken, die sich vermutlich bei ihm in einem Schrank oder auf einem Regal stapeln werden, bis auch er sich zu seinen Ahnen begibt. Denn ich habe ja leider (und zum Glück) kein Vermögen, abgesehen von Körper und Geist.

Olaf Olsen,
irgendwo im Nirgendwo,
Februar 2006 A. D.

*: In der Originalausgabe.

Inhalt

PROLOG - Du und ES - wir beide

»Wo bin ich?«, krächzt du in die endlosen, leuchtenden Gänge.

»Rannte ich nicht eben noch?

Warum?

Wo bin ich?

Wie kam ich hierher?

Was war vorher?

War da was?«

Du erinnerst dich an nichts, doch schleppst du dich auf allen Vieren mühsam weiter.

»Ist es das Alter?«, fragst du dich leise flüsternd selbst.

Doch es ist dein Herz, das schon in Ruhe rast. So jappst du nach Luft, setzt dich hin, ruhst dich keuchend auf dem warmen, glatten Boden aus.

»Vom Rasen zum Rasten!«, du lachst. »Welch ein Fortschritt! Immerhin ein 't' mehr«, kicherst du.

Ruhe, für eine Weile hier unten auf Erden, dann aber *in* der Erde für alle »Ewigkeit«. So schnell ist alles vorbei.

Was ist aus all deinen Träumen geworden? Wo lief etwas schief? Welch glorreiche Zukunft hattest du dir doch einst in deiner Jugend erträumt! Als Grzimek-Nachfolger im TV. Was sonst bei deiner großen Liebe zu allen Tieren.

Irgendwann hörst du es. Es ist ein Schlagen, diesmal ist es nicht das Schlagen deines Herzens.

Irgendwer schlägt hinter dir gegen die Wand, irgendwer - oder irgendwas!

Es hallt, deine Trommelfelle kreischen auf: »So laut!«

Es wird immer lauter, wächst an zu einem Brüllen.

Also kommt es immer näher. Doch wenn die Wand sich nicht bewegt ...

Zitterst du? Schreist du? Hast du dich vollgepinkelt oder etwa schon die Hosen gestrichen voll?

Nein!

Jetzt, da dein Atem wundersamerweise zur Ruhe gekommen ist, fragst du dich zum ersten Mal flüsternd selbst: »Warum renne ich mein ganzes Leben lang von einem Ort zum andern? Wohin will ich eigentlich gelangen? Was suche ich? Wem will ich entfliehen, dem ich nicht entfliehen kann?

Denn es gibt nur *ein* Ende - und *das* ist der Tod!

Oder fliehe ich vor irgendetwas Bestimmtem, vor dem, das sich mir da lärmend immer mehr nähert? Wenn es aber so ist, was mag es dann sein?«

Dann fällt es dir ein: Es ist ES, das Monstrum ohne Geschlecht. ES ist es, das ich mir einst erträumte, immer wieder sah. Jetzt ist ES hier. Jetzt hat ES meine Träume verlassen. Jetzt hat ES mich also doch eingeholt!

Und ES, der schwarze Schatten, der aussieht wie du, flüstert dir in dein linkes Ohr: »Olaf, ich hasse dich! Und du weißt, weshalb: DU BIST ICH, UND ICH BIN DU! Mein Name ist *Falo*. Schau doch deine krummen Knochen und deine Narben im Spiegel an! Schon deshalb hasse ich dich.«

Dann dringt ES in mich ein.

Alles wird dunkel, Abend wird es, Nacht, wo eben noch strahlender Sommermittag war.

Kein Zimmer, keine Wohnung, kein Haus, keine Stadt.

Schwarz ist die Welt geworden, rabenschwarz wie die Erdennacht, wenn dunkle Wolken Mondin und Sterne verdecken.

Wir fallen, fallen und fallen ...

Wie kann das sein?, denkt ein Teil in uns - mein / dein / SEIN altes Ich?

Wie kann ich auf dem Boden sitzend noch fallen?

Zur Seite kippen? Ja.

Doch fallen, wohin?

Doch so ist es ja: Wir fallen gemeinsam.

Dann wird auch innen alles schwarz.

BLACKOUT!

Du öffnest deine Augen:

Warm ist es ringsum und - schwarz wie die Nacht.

Nein, schwärzer noch! Nirgendwo leuchten da Feuer, Menschenlichter oder Sterne am Himmel über dir. Nirgendwo. Und niemals mehr?

Kein Wind weht, kein Laut erklingt.

Wo bin ich?

Du tastet nach deinen Augen.

Sie sind noch da.

Du schließt die Augen wieder, die hier gänzlich nutzlos sind. Denn so bist du es gewohnt, so tust du es immer um dich zu konzentrieren.

Licht ist nur noch ein Erinnerungsschimmer, flackert noch einmal kurz auf.

Waren da Räume, waren es Träume?

Lebensräume, kleine Inseln im Strom der Zeit?

Du siehst dich in einem kleinen Zimmer unter dem Dach. Doch vorher waren auch noch andere Räume, eine kleine Wohnung vielleicht, für kurze Zeit für dich und deine Freundin, ein möbliertes Zimmer in einem Wohnheim und ein anderes in einem Studentenwohnheim, ein Zimmer für dich und deinen Bruder und ... und ... Und größere Räume für viele. Dich als jungen Mann auf einer

Bank im Park siehst du und dann wieder in tiefsten Wäldern voller Magie als Mensch, als Baum, als ...

Magische Zeit, Kindheit. Du hast Angst auf dem Heimweg von der Schule, noch bist du klein und schwach und so allein. »Welchen Weg soll ich gehen?«, fragst du zitternd. »Sie werden mich kriegen!«

Weinst du?

Nein.

Doch du hast Angst, die deine Füße vorwärts treibt. Denn du bist nur zu Fuß, weil dein Vater dir das Fahrradfahren noch nicht erlaubt, die anderen aber - waren es zwei oder drei? - haben Räder. Und du bist anders als sie, denn du bist körperlich nicht so fit: Deine Muskeln sind schwach, deine Wirbelsäule ist verkrümmt, dein Brustbein steht vor und der alles entscheidende Punkt: du wehrst dich nicht. Also werden sie dich erwischen, also werden sie dich verprügeln, also ... Und so geschieht es.

Du bist auf dem Weg vom Studentenwohnheim, am Morgen, unterwegs zu einer Vorlesung, die du niemals hören wirst. Und das geschieht zu Studienbeginn! Denn du gehst und gehst, läufst am Chemiegebäude vorbei und den Pfaffenberg wieder hinauf, den du gerade hinunterkamst. Denn dein Wille ist eisern: »Ich komme an! Irgendwann komme ich hin!« Doch längst hast du die Orientierung - und deine Aktentasche - verloren. Beim zweiten Versuch dann, nachdem du dich wieder gefangen, nach Hause gegangen, im Studentenwohnheim warst, gerade als du in der Cafeteria deinen Kommilitonen von deinen Erlebnissen erzählst, hört alles auf.

Später erst erzählen sie dir, dass du zuckend fielst, mit Schaum vor dem Mund.

Als du erwachst, liegst du in einem Krankenwagen,

auf dem Weg zum Neurologen. Und dort im Wartezimmer erwischt es dich ein zweites Mal, also geht's ab ins Krankenhaus, wieder in ein Zimmer.

Ein anderes Zimmer voller kleiner Behälter mit Spinnen. Muss an einer Uni sein. Du bist wohl Biologe oder einer, der es noch werden will?

Und dann ist da wieder ein anderer Raum. Hinter deinem Rücken singen und spielt die Gruppe *Marillion*, Na ja, nicht live, aber live konserviert auf CD. Du sitzt auf einem Küchenstuhl, den die Vermieterin dir überließ, und tippst diese Zeilen hier in einen alten PC.

All dies bin ich?

Ja, das alles könnten Momente meines Lebens sein!

Und erst diese leuchtend, strahlenden Augen, die ich einst vor langer Zeit einmal sah!

Und das Einatmen der Luft in klarer Sommernacht, dort draußen auf der verlassenen Kreuzung. Ich sah empor und versank im Sternenmeer.

Und all die vielen Musikkompositionen und Collagen und Texte, die ich schuf. Hunderte von Seiten mit Tabellen über Tabellen und Grafiken für Diplom und Doktor. »Gigantisch, genial, fleißig, der Mann!«, hättest du so gerne einmal jemanden reden gehört. Aber meist waren da nur gutgemeinte Worte übers Geldverdienen (einen anständigen Beruf) und Arbeit, dem Ernst des Lebens (»Hör auf zu träumen!«) und Kritik und Tadel (»So, jetzt hast du einmal ein Buch publiziert und selbst finanziert, einmal diese Dummheit, das ist genug!«) und Ignoranz ...

Wer nichts hat, ist nichts! Und wer nichts verdient und von der Stütze lebt, ist ein Nichtsnutz, ein Versager, ein gesellschaftlicher Schmarotzer.

Und nun, kurz vor deinem Ende, wo dein Herz rast

und flimmert, wo deine Seele sich anschickt, deinen Körper zu verlassen, wo du zusammen mit deinem zweiten Ich, wo wir, die wir uns wirklich hassen und lieben, von Anbeginn bis in alle »Ewigkeit«, nun endlich staunend dies alles erkennen, singen, rufen und schreien wir es aus uns heraus:

»DIES ALLES SIND WIR!«

Ja, so ist es!

Und doch ist es nicht *nur* so.

Denn dies ist nur *ein* kleiner Teil *eines* unserer zahlreichen Leben als Mensch auf *einem* Planeten namens Erde.

Wo und wann und wie wohl all die anderen waren / sind / sein werden?

Abstieg*

Jetzt sind wir alle zum Abstieg in der Höhle bereit, deren Gänge sich endlos in die Tiefen der Erde zu schlängeln scheinen.

Wir steigen hinab.

Wann und wo, willst du wissen?

Das verrate ich dir nicht. Denn unsere Geheimnisse teilen wir nicht - *noch* nicht.

Wissen wir es?

Wir ahnen es, irgendwie wussten wir es schon immer: Irgendetwas wird dort unten auf uns warten.

Doch auch andere Gedanken treiben durch unsere träumenden Seelen, und es ist nicht gut, beim Abstieg einzuschlafen, gar nicht gut: Gedanken schaffen Wirklichkeit!

Also lauert dort unten etwas.

Und ist es nicht so, gebären dann unsere Ängste die Monster?

Nun ja, sicher nicht alle existierenden Monster, das ist gewiss, vielleicht nur eins von allen ohne Namen, nennen wir es ES, eins von Vielen, das dort unten schweigend auf uns alle wartet, die wir nach unten steigen, in eine Welt ohne Licht, eine Welt, die von Wesen bewohnt ist, die nur die vollkommene Schwärze der Nacht kennen. Wie werden sie auf die Scheinwerfer reagieren?, fragen wir uns. Dann fällt uns ein, dass wohl die meisten oder auch alle dort unten augenlos sind. Doch ihre und unsere Wärme könnten sie spüren. Und uns riechen und ertasten könnten sie auch - all die kleinen dort, wenn es

*: Dieses Dokument wurde am 13.01.2006, einem Freitag, wen wundert's, entdeckt. Von der Expedition aus sieben Menschen kam bis heute kein weiteres Lebenszeichen mehr ans Tageslicht. Eine neue Reise in die Tiefen der Erde an diesem Ort, der weiterhin geheimgehalten wird, unterblieb bisher.

denn in diesen von Menschen erstmals betretenen Tiefen der Erde überhaupt Leben geben sollte, diese alle, die uns gar nicht gefährlich werden können, es sei denn durch ihre Zahl, doch auch die größeren unter ihnen und das eine namenlose ES.

Wir steigen hinab und schicken diese Aufzeichnungen an einem Ballon nach oben, denn dieser Schacht hier fällt senkrecht ab, warme Luft aus den Tiefen steigt auf. So werden gleich auch diese eingebrannten Worte nach oben entschweben, so wollen wir es von Zeit zu Zeit wiederholen.

Und kommt nichts mehr oben an, so ist etwas geschehen - entweder mit der Nachricht unterwegs oder aber hier unten mit uns. Dann könnten wir ES oder ES könnte uns gefunden haben, das hier leben soll seit Äonen, ein Wesen, geheimnisvoller als selbst die Drachen, die wir nie gesehen, doch deren Namen wir kennen, von denen wir so manches wissen, die aber niemals SEIN Alter erreichen. Sollte ES uns begegnen - und das ist es ja gerade, was unser Entdeckerstolz will -, dann Gnade uns Gott. Wie irr das ganze Unternehmen doch ist: Wir steigen hinab, um ES zu finden und hoffen in einem Atemzug, dass es niemals passiert, zumindest dass ES nicht so ist, wie es sich einige von uns in ihren schlimmsten Albträumen vorstellen. Geschieht also das, was wir erhoffen und zugleich fürchten, dann werden wir sterben, Gott steh uns dann bei und bewahre uns vor der Folter. Schnell möge es gehen und schmerzlos, so, wie es sein soll, wenn ein Räuber seine Beute ergreift. Starr wollen wir staunend und sanft hinübergleiten. Wenn ES uns aber in tiefere Tiefen oder verborgene Seitengänge des Labyrinths verschleppt und dort über heißen Lavafeuern brät, damit ES uns schön knusprig und weich genießen kann, dann war all unser Tun der reinste Wahnsinn und unser Weg wahrlich ein Abstieg in die Hölle.

Allein - glücklich und dann ...

Dort liegt ES.

ES träumt die Kosmen.

ES träumt die Welten, die da waren und sind und sein werden.

Dort liegt ES und träumt.

Einsam liegt ES träumend dort.

Also träumt ES und teilt sich träumend auf.

ES träumt das Leben.

Dort liegt ES und träumt.

All die Wesen, *wir* sind Teile von *IHM*.

Dort liegt ES und träumt.

Wie glücklich ES ist in SEINEM Werk, in SEINEN Träumen.

Doch dann irgendwie irgendwann geschieht es. ES brüllt auf.

Ich sehe den Wahnsinn und höre ihn sich verbreiten. Und mein Mund öffnet sich zu einem nie endenden, lautlosen Schrei. Dann kichere ich los: »Hihihi, haha, hoho!« und krümme mich vor Lachen. Längst ist mein Verstand gegangen. Keine Gedanken - nie mehr.

Ich stehe auf und gehe zum Fenster. Ich schaue auf die Straße hinaus. Ich stehe still da, und trotz all des Wahnsinns in mir sind meine Augen geweitet vor Entsetzen.

Denn die Straße dort unten ist voller Blut. Menschen - aber auch Hunde und Katzen, Elstern und Krähen - wüten dort, rasen, metzeln und morden.

»Alles ist ein Traum«, flüstert eine Stimme irgendwo in mir. »Wahnsinnsträume gibt's - und Höllen - und -

vielleicht auch irgendwo und irgendwann Himmel.

Schau dich doch um in dieser »deiner« Welt! Schau dich um!

Wo bist du? In welchem Traum gefangen?

Wer oder *was* träumt *dies* und *dich*?

Hörst du nicht SEIN Kichern, SEINE Schreie, SEIN Gelächter hinter allen Dingen?

Ja, *du* da, der du siehst und riechst und hörst und fühlst und denkst, der du *diese* Zeilen hier jetzt liest, *dich* meine ich, *DICH*!

Beben und Fall

Die Erde bebt unter deinen Füßen.

Was ist das?

Du bleibst stehen und lauschst.

Und wieder ist da dieses Beben! Und wieder und wieder, immer wieder!

Das ist nicht die Erde, denkst du, das sind doch SCHRITTE!

Elefanten, Büffelherden! Oder kommen da gar gewaltige Dinos angestampft?

Sollte King Kong auch außerhalb der Leinwand existieren oder aus einer herausgetreten, ausgebrochen sein?

Du drehst dich im Kreis, schaust dich um.

Nichts!

Dann fällt der Sonn vom Himmel.

Schwärze! Nirgendwo Mondin, nirgendwo Sterne.

Und wieder ist da ein bebender Schritt. Näher. Stärker.

»Fester, fester!«, schreit irgendwo eine Frau im Dunkel.

Und etwas tritt fester auf.

Mein Gott, worauf? (Die Frau schreit nicht mehr vor Lust, nie mehr.)

Brennend stürzen Fledermäuse aus dem Nichts auf dich zu, fallen ins trockene Gras. Ein Flammenmeer schießt vor dir auf.

Lauf um dein Leben!

Du drehst dich um. Du rennst vom Feuer weg, hinein in die Schwärze.

Und IHM genau in die Arme?

Das Beben hört nicht auf. (Du merkst es nicht).

Dann schwindet die Erde unter deinen Füßen.

Fall in endlose Tiefen.

Schreiend fallen und schreiend am Morgen aus dem Alb erwachen. So geht es.

Doch nicht hier, nicht bei dir. Du wachst nicht auf, weil du nicht schläfst, weil du wach bist, weil alles passiert, wie es passiert!

Mein Gott! Was geschieht nur mit mir?

Beben und Flammen und ein Fallen, das ewig währt?

Ich falle ja nach oben!

Wo ist die Schwerkraft geblieben?

»Die es ja ohnehin nicht gibt«, flüstert eine besserwisserische Stimme in dir.

Und in der Ferne strahlt ein Licht, weißes Leuchten in schwarzer, schwarzer Nacht.

Du tauchst ein in die weiße Wärme.

Kleidung und Brille fallen brennend von dir ab.

Jetzt bist du vollkommen nackt!

Noch einmal öffnest du deine Augen.

Doch sie schmelzen wie dein Körper dahin.

Jetzt bist du frei!

Jetzt nimmst du auch all die anderen neben dir wahr, die sind wie du: Licht in der Schwärze, Leben.

Begrüßung

»Erde«, ruft es von irgendwo, »Erde, Erde«, immer lauter ertönt der Ruf.

Und ES hört den Ruf, den ES schon immer in sich vernahm.

Und ES lächelt.

Denn ES hat SEIN Ziel erreicht. SEINE Reise, die Äonen währte, ist nun zu Ende.

»Leben«, ruft es von irgendwoher, »Leben, Leben«, immer lauter schallt der Ruf.

Und ES bewegt den Mund, formt mit SEINEN neu geborenen Lippen Worte und spricht:

»Erde, E r d e«.

Fallen IHM die ersten Worte noch schwer, so fällt IHM das zweite schon viel leichter:

»Leben«, so klingt es aus SEINEM Mund.

Und ein drittes Wort ertönt: »Geburt. Geburt ist dir verheißen.«

Und SEIN Lächeln breitet sich aus.

SEIN Gesicht ist nun ein einziges Lachen.

Und ES spricht: »Geburt, ja, ICH wurde wiedergeboren, ICH lebe, MEINE Reise ist zu Ende.«

Bei diesen Worten faltet ES SEINE schwarzen Schwingen ein, wandelt sich in ein Wesen mit einer gewaltigen Zahl von Beinen, eins von vielen, die hier leben, und läuft skolopenderartig* durch das Nachtland dieser neuen Welt.

---

*: *Arthropleura* werden die Menschen diesen gigantischen, zwei Meter langen Hundertfüßer 380 Millionen Jahre später nennen.

Blind

Hörst du das Rascheln im Laub?

Du spitzt die Ohren.

Nichts.

Du drehst dich um die eigene Achse, lauschst nach allen Seiten.

Noch immer kannst du nichts vernehmen.

Doch deine Augen sehen: Kahl sind die Bäume, bunte Blätter liegen überall auf der Erde, hier, wo ...

Du setzt dich auf eine Bank und schließt deine Augen.

Jetzt endlich kannst du sehen.

Etwas rast unter den Platanen, rast im Kreis.

Etwas ist dorthin gebannt, das einst dort auf einer Bank den jungen Mann im Licht der Vollen Mondin sitzen sah.*

Etwas ist dort gefangen, das bei ihm war, als der Tod ihn holte, etwas, das seine letzten Gedanken und Gefühle las, lange bevor der Penner ihn fand.

Schau, dieses Etwas, ES weint Tränen in die nie endende Nacht SEINER Welt.

Jetzt ist ES blind, denn mit der Tränenflüssigkeit verlor es auch seine Augen.

Leer starren Höhlen, winzige Schwarze Löcher in unseren Raum, unsere Zeit.

Seitdem rast ES bei Nacht im Kreis, rast ES immer wieder raschelnd durch das Platanenlaub auf diesem einen Platz** im Kreis herum.

*: Rainar Nitzsche: *Ruf der Mondin* (1992).
**: Kolpingplatz Kaiserslautern.

Da ist doch jemand in der Küche

Du kommst abends von der Arbeit nach Hause und erstarrst.

Da steht jemand mit dem Rücken zu dir in der Küche und dreht sich nicht um. Er scheint zum Fenster hinauszusehen.

Er?

Langes blondes lockiges Haar, die Frau, der du morgens immer begegnest?

Sie?

Männertraum, Frauentraum vom zufallenden Liebesglück! Und das hier bei dir zu Hause?

Dann, von fern hörst du deine eigene Musik, irgendwer hat wohl deinen Kassettenrekorder oder eine deiner eigenen Cds gestartet. Synthesizer und Klavier. Bei diesen Klängen hebst du ab, die nehmen dich mit, fegen dich hinfort.

Doch nur für einen Augenblick und auch nicht völlig, denn da ist ja noch immer dort vor dir am Küchenfenster stumm und völlig bewegungslos diese Frau.

Jetzt dreht sie sich langsam um.

Ein langer roter Mantel, den du jetzt erst siehst. War der denn vorher schon da oder was trug sie auf dem Rücken? Du kannst dich nicht erinnern. Doch wie auch immer es war, dieser Mantel jetzt und hier ist rot wie Blut.

Und ihr Gesicht?

Es ist nicht die Frau deiner Träume.

Madenwimmelnde Knochen, Horrorfilm, der Tod?

Auch dies nicht, nein. Es ist ein bärtiger Mann, der grinst dich an und spricht: »Hallo, Süßer!«

Sein Körper aber ist nicht nur organisch, gewachsen wie deiner und meiner. Denn da sind Maschinenteile an Armen und Beinen und Thorax und Kopf.

Ein Androide also? Ein Wesen aus der Zukunft oder von einem anderen Stern? Es ist ... es ist ... denkst du.

Jetzt erst fällt dir auf, dass deine Klänge gar nicht aus dem Nebenzimmer von der Musikanlage kommen.

Er strahlt sie ab.

Mit ihnen lockte er dich und ließ dich in Trance versinken, die noch immer anhält.

Und nun kommt der große Wandel, träumst du.

Und so ist es: Jetzt wird dir deine schreiende Seele aus deinem sterbenden Körper gesaugt, herausgerissen hinein in die lauernde, schlafende, träumende Schwärze, die deine Augen noch sehen, während dein Körper schon lautlos im Boden versinkt.

Dann hebt dieses Wesen, das weder Frau noch Mann ist, SEINE Arme, die sich zu Schwingen wandeln.

Fenster und Wände reißen berstend hinter SEINEM Rücken auf.

Flammen stößt ES aus.

Die Küche ist ein einziges Meer aus grünem, blauem, rotem, gelbem, weißem und schwarzem Feuer, Feuer, das die Farben züngelnd krakenhaft wechselt.

Jetzt steigt ES mit dir und all den anderen in IHM zu den Sternen auf, die du in IHM nun klar und farbig vor dir siehst. Alles hat sich verändert, die Geometrie. »H. P. - Lovecraft!«, schreit es irgendwo entzückt und hallt freudig und weinend wieder, denn auch er und Poe und all die anderen sind hier bei dir - bei uns.

Singend, brausend und schreiend gleich einem großen schwarzen Vogel der Nacht, schweben WIR voller Sehnsucht in das wartende kosmische Meer.

Weinend und lächelnd zugleich kehren WIR heim.

Das da lauert

ES wartet vor den Toren.

Ich sehe SEINEN weißen Schatten dort drüben blitzen, wo weder Raum ist noch Zeit.

Ich sehe ES dort sitzen und schweben und flattern, denn ich bin Raum und ich bin Zeit.

Vor den Toren wartet ES.

Überall könnten die Tore verborgen sein: in den Tiefen der alten Pyramiden, im »ewigen« Eis und auf dem Ozeangrund, in den höchsten Bergen der Erde oder aber mitten in den Städten, in deiner Wohnung im Klo, doch auch in den Pflanzen und Tieren der Erde und - in dir.

Das eine, das andere

Das eine
sind die
die vorübergehen

Das andere
sind - ist das, das ...

ES kommt
ES schreit in dir

Höllen tun sich auf und brennen

Du läufst und rennst
und kannst doch
niemals mehr entkommen

Dein Tod

»ICH BIN bin bin bin bin bin bin!«, hallten deine Schreie durch die Tunnel dieser Stadt.

Einmal »ich« und siebenmal »bin«. Wie märchenhaft magisch all das doch ist, als hätte es sich ein Dichter ausgedacht!

»ICH ich ich ich ich ich ich ...«

Dann ein Gurgeln und Stöhnen.

Oh, schau an, sieh da, wie herrlich spritzt, pulsiert das Blut aus seiner zerschnittenen Kehle!

»WIR SIND sind sind sind sind sind sind ...«, sang es in deinem Kopf, der dort unten auf den kalten Fliesen lag, der im Dreck dieses einen Tunnels starb.

»WIR wir wir wir wir wir ...«

Doch ein anderer Sound stieg auf, hinauf, fiel herab, kam aus dem Nichts: ein Ton, ein Klang, ein Hall: »ALL All All All All All All ...«

So wurden wir leise, so wurden wir stumm, verglühten in der Schwärze dieses einen kosmischen Meeres.

Und wieder sind da diese nicht endenden Schreie, wenn die Kosmen im weißen Licht, im Metameer verschmelzen, welches ER, welches SIE, welches ES sich - e r t r ä u m t.

Den sie fanden

So fanden sie ihn irgendwo und irgendwann. Das hatten sie noch nie erlebt.

Dann trugen sie ihn auf einer Bahre zu den Meistern. Und die Meister sahen und berieten.

Einer unter ihnen wusste Bescheid. Er lächelte still, während die anderen zunächst sprachlos waren vor Staunen, dann aber redeten und redeten und ...

Sie sahen den Menschen, aus dem Kristalle wuchsen, auf der Bahre liegen.

Fragen durchschwirrten den Raum. Nur einer, der lächelnde Meister, der Wissende unter ihnen, gab Antwort.

»Was ist mit ihm? Ist er tot?«

»Nein!«

»Gott sei Dank, dann lebt er also!«

»Nein! Er hat ihn oder sie oder etwas gesehen. Darum ist er, wie er ist. Ja, er sah ES!«

»Was können wir tun? Können wir etwas tun? Können wir ihn wieder zum Leben erwecken? Können wir sehen, was er sah? Wir können es doch! Lasst es uns tun!«

»Tut es nicht!«

Sie taten es.

Sie sahen ES in ihm.

Sie sahen, was er gesehen hatte.

So wurden sie wie er. Leblos lagen sie nun da. Kristalle wuchsen aus ihren Körpern.

Nun konnte niemand mehr etwas tun. Nun gab es nur noch einen Meister, einen von einst vielen. Einer, der noch immer lächelte, einer, der wusste, einer, der nichts tat.

Traurig ging er von dannen. Weil er wusste, musste er nicht sehen. Weil er wusste, lebte er.

Still und ohne Laut schritt er dahin, schritt in die Schwärze des Alls, schritt hinaus zu den Sternen.

Und seine Stimme fiel ein in den kosmischen Chor.

Er sang das Lied der Welt - und die Welt sang aus ihm ihr Lied.

Eines Nachts

Eines Nachts hörst du es kratzen.

Du bist erwacht und lauschst.

Es kratzt an der Tür.

Du denkst: ein Hund!

Doch es ist kein Hund.

Das aber weißt du nicht.

Nichts weiter passiert, denkst du, löschst das Licht, schläfst ein und vergisst, was geschah.

Und dann ist da - Tage, Wochen, Monate, Jahre mögen inzwischen vergangen sein - wieder so unerwartet ein Geräusch in der Nacht.

Du liegst im Bett. Ein Knacken hat dich geweckt.

Wieder und wieder, immer wieder hörst du dieses Knacken in der Stille.

Es ist das Knacken berstender Knochen, brechender Wirbel, rasen Gedanken in dir.

Noch begreifst du nicht, dass es *deine* Knochen sind, die da brechen. Denn du verspürst keine Schmerzen.

Jetzt ist unten alles taub. Du kannst deine Beine nicht mehr bewegen. Du spürst nichts mehr. Nie mehr wirst du dort unten etwas spüren. Jetzt liegst du hilflos und starr in deinem Bett. Wenn diese Starre nicht wäre, könntest du zumindest deine Hände bewegen, dich vielleicht mit den Händen wehren. Doch gegen wen?

So bricht ES über dich herein, das durch die steinerne Wand deiner Wohnung kam, von außen aus der Kälte. ES hat deine Wirbelsäule zerbrochen, so hat ES dich in dein Bett gebannt.

Jetzt beugt ES sich über dich. Schmatzend saugt ES deine Seele ein ...

Emporgerissen, baumelnd und klappernd, wie eine Marionette fühlst du dich jetzt, wo ES dich schüttelt.

Dann fällt dein Körper mit einem Krachen ins Bett.

ES entgleitet durchs Dach ins Nichts.

Dein Fleisch aber bleibt zurück.

Was sehen deine toten Augen nun?

Und wohin ging deine Seele?

ER und ES

Leise spricht der Alte - und wir alle tun, was er sagt: »HERR, die Glocken läuten. So singen wir nun in diesen, DEINEN Heiligen Hallen. Wir singen und drehen uns tanzend im Kreis, halten uns an den Händen, Mönch und Nonne, Äbtissin und Abt, wir alle. Denn ER ist bei uns, um uns, in uns.«

Bricht auf das Tor. Schwärze springt über die Schwelle. Nicht viel größer als ein Mensch und doch ...

ES sieht die singenden, sich im Kreis bewegenden Menschen.

ES weint.

(Ob ES einst auch ein Mensch war?)

Leise und sanft atmet ES aus.

Dann atmet ES ein - welch rauschender Sog und welche Stille, denn die Glocken sind längst verstummt!

Glücklich, noch immer versunken, schweben nun alle, alt und jung, Nonnen und Mönche, in SEINEN Mund.

Blitzschnell klappt der zu. ES springt heraus. Und schon steht das Haus des HERRN in Flammen.

Dann kehrt ES wieder dorthin zurück, woher ES kam, nach Hause.

Das aber sind die feurigen Tiefen der Erde, die die Menschen »Hölle« nennen.

ES

Da stand ES
so dicht vor mir

Nur ein Hauch von Wind
sang leise
tief in meinem Innern

Aus SEINEN Händen
floss Zeit
die riss hinfort
die Haut
die riss hinweg
mein Fleisch
und nieder fielen
meine Knochen
zu Staub

ES erwacht

Ein Grollen. Die Erde bebt.

Er erwacht in ihrem kleinen Haus am Rande der Stadt, träumte soeben von den gewaltigen Herden der Büffel, die die Prärien Nordamerikas bevölkern, träumte von der dröhnenden Erde, träumte von der Stampede.

»Wir müssen hier raus!«, ruft er ihr zu, »schnell, wir müssen raus aus dem Haus! Die Erde bebt!«

Sie rennen Hand in Hand hinaus und schauen entsetzt auf. Keine Sterne, keine Mondin. Wolken rasen dort oben über den Himmel. Dunkel düstere Nacht.

Ihr Haus stürzt ein.

»Gerettet!« Sie fallen sich weinend in die Arme und merken nicht, dass allein *ihr* Haus Opfer des Bebens geworden ist. Voller Glück, voller Trauer, nein, noch im Schock sehen sie nicht das, was die Ursache des Bebens war, das, was da hinter ihnen und über ihnen lautlos steht.

Oh ja, ES hat Hunger, denn lange hat ES geschlafen - du kennst dich aus, H. P. Lovecraft: »Es ist nicht tot, was ewig liegt ...«

ES packt beide zugleich (die Erfüllung eines Traumes, den so viele Menschen träumen: Gemeinsam in Liebe sterben), packt sie mit zwei seiner zahlreichen Tentakel, die wie beim Tintenfisch vom Kopf ausgehen, umschlingt sie, führt sie zum Mund voller messerscharfer Zähne, wie sie kein Cephalopode auf Erden hatte noch hat.

Komm näher ran: Sieh an, jetzt sind sie starr und stumm. Wer weiß, was sie gerade in diesem Augenblick spüren, jetzt, wo ES ihnen die Köpfe abbeißt und ihr Blut aufschlürft, schmatzend und voller Gier.

Wer will es IHM verdenken, wo ES Äonen verschlief!

SEIN Hunger ist gewaltig.

ES erinnert sich nicht, jemals *solche* Wesen gegessen zu haben. Die müssen wohl neu entstanden sein. Tja, wie schnell sich doch die Welt verändert, Arten entstehen, leben und vergehen.

ES erinnert sich nicht, doch schau an, sieh da, ES zögert nicht mehr, jetzt verschlingt ES die beiden kopflosen Körper - schmatz - mit einem Happs.

Und *du* fragst dich, was ES ist.

Ich weiß es nicht.

Woher ES kommt, willst du wissen.

Aus der Erde! Das ist doch klar.

Was wird ES weiterhin tun?

Nun, was wohl schon bei *diesem* Hunger. Wir werden von IHM hören, werden es sehen. Vielleicht wirst *du* es ja sein, der SEINEN stinkenden Atem riecht und SEINE Zähne in seinem Hals spürt, vielleicht wirst *du* SEIN nächstes Opfer sein.

WIR wissen, was geschehen wird. Doch frage UNS nicht, es wird nichts an deinem Schicksal ändern. Denn alles geschieht, wie es geschehen muss, auch wenn so viel Chaos im Kosmos herrscht.

So könnte es also auch deinen Nachbarn erwischen und nicht dich. Doch einen von euch beiden oder beide und viele weitere noch wird ES holen, soviel ist gewiss, soviel sagen WIR dir, WIR, die Kleinen Götter, die dein Leben zum großen Teil bestimmen! Denn WIR erdichten dich.

ES ist

ES ist
nicht Mann
nicht Frau
nicht Kind
nicht Mensch
nicht Tier
nicht Pflanze
noch Stein

ES
das da emporfällt
aus tiefsten Tiefen
der Erde

ES
unsichtbar
verborgen
so weit entfernt
von dir - von mir - von uns

ES
das da liegt
und alle Welten
träumt

Große Mutter
Vater GOTT

ES sah

Oh ja, ES sah ihnen zu in der Dunkelheit.

Alles sah ES und verstand doch nichts.

Sie liebten sich. Sex, SEx, SEX ... Oooh!

ES hörte sie stöhnen in der Nacht.

ES roch sie und spürte die Erde beben.

ES nahm sie voller Staunen mit all SEINEN Sinnen wahr.

Was tun diese Zweifüßer denn da? Was nur?, fragte ES sich und verstand das alles nicht.

Denn ES war / wird sein und ist für alle Zeit ohne Geschlecht: ES.

ES schreit und geht

Zunächst war da das Poltern der Steine, klirrender Hall ins Dunkel dieser schwarzen Nacht, denn Wolken verhüllten Mondin und Sterne.

Dem folgten Jahrhunderte später ein erstes Bewegen, leise Gedanken an gestern und - Müdigkeit.

Jetzt aber erschallt der Schrei, lässt Felsen zersplittern.

Licht bricht sich in tausend Augen.

Denn ES wacht auf aus langem Schlaf, steht auf und geht dem Morgensonn entgegen.

All dies sah ich einst in mir. All dies träumte ich und frage mich heute: War es ein Alb oder geschieht es irgendwo und irgendwann, einmal oder immer wieder.

Und wenn es geschieht, was ist dann ES?

Leben dort Menschen, wo ES erwacht?

Werden sie IHM begegnen?

Und was wird dann aus ihnen?

ES steht auf

ES steht auf in der Nacht.

»Was ist es? *Was* ist Es? *W a s   i s t   E S* ?«, flüstern, fragen und schreien die Menschen überall in der Stadt.

Denn alle spüren ES jetzt überall: in allen Dingen, an allen Orten, in allen Gedanken, fühlen ES tief in sich.

»Was ist es? Was ist Es? W a s   i s t   E S ?«, fragen sie sich.

Dann geschieht es: ES bricht durch den Beton der großen Straße, dem rufenden Licht der Vollen Mondin entgegen.

Längst müsste es zum Morgen dämmern. Doch niemals wird das geschehen. Denn »ewig« währt diese Nacht.

Wir sehen ES alle, wo auch immer wir uns befinden, ob wir nun schlafen (wenige tun das jetzt) oder wachen. Wir sehen ES alle.

Ruft ES uns?

ES ruft.

Wir folgen.

Wir stehen auf aus unseren Gräbern.

Wir verlassen Haus und Hof.

Wir gehen hinaus auf die Straße zu sehen, zu hören, zu ...

Dort steht ES. Was für ein Wesen!

Wir alle sind starr und stumm.

Ich sehe ein pulsierendes Etwas ohne Form, etwas, das zwischen den Welten wandelt.

Du, meine Freundin neben mir, siehst eine gigantische Spinne mit gespreizten Giftklauen auf dich zurasen.

»Nein!«, schreist du, während dieses Pulsieren mich umhüllt.

Sie / ES beißt zu, saugt dich auf und schließt mich ein.

Wir beide sterben ohne Laut.

Was aber sehen die anderen Menschen, all die anderen dort draußen auf der Straße, in dieser »nie« endenden Nacht?

Wie wird ES ihnen begegnen?

Wie werden sie sterben?

Denn eins ist gewiss: ES wird sie alle holen.

Et-han

Anders nennen dich die anderen.

»Sei gegrüßt, stürmendes Wesen über den Wüsten von Et-han!, niedergefahren aus eisigem Raum bist DU zu uns aus den Weiten des Alls. Vor DIR fallen wir nun alle in den Staub. In den weißen Sand unter schwarzem Himmelszelt neigen wir vor DIR unsere Häupter. Denn unter DEINEM Schatten sind die Sterne erloschen, und diese Nacht ist die Nacht der Nächte, auf die wir seit Äonen warten.«

Ein Ton wird Klang wird Stimme, aus DIR geboren hallt wider in uns: »Zieht mit mir hinaus in die Weiten aus Schwärze! Lasst uns diese Gedanken und Lieder singen und all dies Leben zu den Sternen hinausbringen!«

»Nieder das Haupt, in den Sand!«, schreien deine Priester und senken die feurigen Klingen in zuckende Leiber. »Für DICH!«, rufen sie, »nimm hin unser Fleisch und nähre DICH nach DEINER langen Reise!«

Ja, ES ist uns erschienen, grollend aus kosmischen Tiefen hat ES sich auf uns niedergesenkt. Das Langersehnte ist endlich da.

Die Priester jubeln. Doch Menschen sterben, werden geschlachtet. Ihr Blut aus spritzenden Adern am Hals, an Armen und Beinen fangen die Priester in goldenen Gefäßen und reichen es DIR.

Jetzt senkst DU DEINE gewaltigen Arme herab, Tentakeln sind sie und Rüsseln gleich, DU saugst es ein und trinkst es aus, ihr Blut.

Menschen sterben, denn sie töten sich selbst voller Reue über all die Verbrechen und Lügen, die sie in ihrem Leben begingen. In DIR sehen sie Erlösung und Heil. Denn jetzt werden ihre Seelen in DICH eingehen und ewig leben, denken sie ein letztes Mal.

Uns ist ein Licht erschienen.

Ein Singen ist nun in uns, ein Singen aus DIR.

Wir fassen uns an den Händen, wir halten uns fest. Wir beginnen den Reigen zu tanzen. Wir schütteln unsere Körper und Köpfe in rasender Ekstase. Längst haben wir unsere Augen geschlossen, fühlen uns emporgerissen.

»Gehet hin!«, spricht die Stimme von jenseits der Zeit, »und lehret die Liebe durch Wort und Tat! Lasst ziehen meine Gedanken durch die Wolken von Staub, kosmisches Leuchten, Sternenmeer. Findet die Brüder und Schwestern in den Welten dort draußen, sie und alle und UNS.«

Dann erhebt ES sich aus den Wüsten von Et-han, in denen nun keiner mehr von uns lebt.

Wir alle sehen durch SEINE Sinne hinab. Wir sind in IHM.

ES trägt uns alle mit sich fort.

Der Falsche

Ich sah sie.

Blitz.

Sie sah mich an.

Blitz.

Ein fast synchrones, lautloses Knallen irgendwo da oben in mir / in dir.

Mensch, verknallt!

Wahnsinn, was für eine Frau!

Der Mann meiner Träume!

Wir kamen uns näher. Wie rasch das ging! Sekunde auf Sekunde, nach einigen Minuten, innerhalb weniger Stunden wussten wir, verstanden wir mehr voneinander als es andere in ihrem ganzen Leben tun. Es kam uns vor, als würden wir uns schon seit Ewigkeiten kennen. So öffneten wir uns mehr und mehr, einer dem anderen. Es war wie ein Traum - ein Märchen - eine Lovestory - die *Liebe*.

Irgendwann aber geschah es - geschieht es: Erst wenige Tage sind seit dem ersten Treffen vergangen, wir schauen uns in die Augen - blaugrau und braun. Unsere Lippen und Zungen küssen sich. Wir umarmen uns. Dann löst du dich. Ich aber halte dich mit meiner rechten Hand an deiner Linken und hebe deinen Arm. Du drehst dich tanzend im Kreis darunter.

Dann zuckt so plötzlich - ich nehme es gar nicht wahr - deine rechte Hand nach vorne und stößt mir den Dolch ins Herz.

Sprachlos stürze ich zu Boden.

Du schaust mein Entsetzen in meinen Augen.

Warum?, schreien sie fassungslos und irr und starr und stumm, warum?

»Verzeih mir, mein Liebster, ich *musste* ES doch tö-ten!«, stammelst du, legst dich auf mich und umarmst weinend meinen sterbenden Körper.

Ich gehe.

Du umarmst noch immer meinen toten Körper. Du sprichst noch immer Worte, die ich schon längst nicht mehr höre, denn ich bin tot: »ES, das da schlummert und tief in dir verborgen lauert. Ich musste es tun. Deshalb traf ich dich. Deshalb wurde ich von den Sternen hinab zu dir gesandt, wo auch du einst lebtest, wo wir beide uns liebten, dort oben so wie hier unten, gestern wie heute und morgen, für immer und ewig. Deshalb bin ich hier bei dir auf Erden, mein Geliebter, deshalb muss-te ich deinen Körper töten, um ES zu vernichten oder aber ...«

Meine Seele steigt empor - ins Licht.

Hinter mir in Raum und Zeit bleibt mein Körper tot zurück:

Asche zu Asche, Staub zu Staub und Fleisch für die Würmer - Schmeißfliegenmaden und Bakterien.

Du bettest ihn in Erde und gehst.

ES aber, das noch immer in meinem toten Körper existiert, ES aber, das niemals stirbt, lacht dröhnend - die Erde bebt.

Dunkle Wolken verdecken Sterne und Mondin.

Dann steigt ES auf aus meinem Grab und entschwin-det ins All.

Sie hatte den Falschen von uns beiden getötet.

Die Fete und das M...

Da findet eine Fete statt, genauer gesagt ist's eine Biofete, soll dich aber nicht stören, könnte auch eine andere sein.

Von Bedeutung aber ist, dass es da einen Berg von mit Wurst und Käse belegten Brötchen gibt. Das ist wichtig, also unbedingt merken: Brötchenberg! So weit alles klar?

Sind noch nicht viele Leute da.

Doch dann, unbemerkt schleicht ES heran.

Und mit IHM naht die Katastrophe.

»Hu-Hu-Hunger!«, murmelt mit tiefer Stimme, nein, nein, nicht das Krümel-, sondern das Brötchen-Monster und - mampf und mampf, schon ist er weg, der Brötchenberg, verschlungen.

Und das dicke fette Krümel-Brötchen-Monster bekommt Durst. Und da sieht es den Wein, und ... Ja, »Du-Du-Durst«, murmelt ES und ...

Und was will uns diese Geschichte lehren?

Tja, das ist hier die Frage.

Vielleicht geschah es einfach so, ich schrieb es auf, und nun steht es hier.

Oder aber ich war tatsächlich dabei, bei dieser Fete, sogar mittendrin, da fiel es mir ein, als eine(r) sich gar nicht zurückhalten konnte und vollstopfte und ...

Aber so ist es eben mit den Dingen im Leben - und Nichtleben: so vieles geschieht. Aus allem kann man etwas lernen, vorausgesetzt, man überlebt.

Geboren

Aus den Hügeln
schossen
grün
die Halme

Die Erde
riss auf

Und ES
schrie den Schrei
g e b o r e n

Ein Gedanke

»Ende!«

Nicht mehr als ein winziger Gedanke im endlosen Strom. Eine Millisekunde irdischer Zeit vielleicht, nicht mehr, und alles ist aus.

Denn die Kontinente der Erde, die da auf Platten über schwerem Grund treiben, zerfallen zu Staub.

Und alles Leben ist auf einen Schlag von der Erde gewischt.

Nein, es war nicht der böse, böse Mensch. Auch nicht Luzifer, der gefallene erste Engel. Nein!

ES, das da träumt und alles schafft in seinen Träumen und alles vernichtet und alles wieder neu erträumt, ES war es, das den einen Gedanken dachte.

Und aus und vorbei war's mit den großen Werken, aus mit den unsterblichen Dichter-, Sportler-, Staatsmänner- und Wissenschaftlergrößen.

Niemand war mehr da, nichts mehr.

Alles war vergangen, alles war verloren für das Morgen.

Und doch ist alles erhalten in der Ewigkeit.

Alles ist vergangen, alles existiert.

Ewig und gestorben sind Goethes Faust, Beethovens *Fünfte* und Nietzsches *Zarathustra* und - auch dein Ausruf »Scheißtag!« - im wahrsten Sinne des Wortes - irgendwann damals auf dem Klo.

Gefangen, gefangen

Die Gitter brennen.

Immer wieder stürzt ES sich dagegen.

So fängt ES Feuer und brüllt SEINE Schmerzen hinaus in die sternenlose Nacht.

Wir aber tanzen vor Freude über unseren Sieg.

Stumm blicken die Anderen auf.

Wir sehen im taumelnden Tanz *ihre* großen braunen Augen in der Ferne weinen.

Noch immer tanzen wir diesen stampfenden Sound, den uns unsere Ahnen lehrten, den wir vor einer halben Ewigkeit begannen - wir erinnern uns nicht mehr daran, wann es begann - und der heute nicht, nicht morgen, der niemals enden wird.

ES ist tot.

Die Anderen werfen sich gegen die Gitter, die wir mit unserem Tanz erschufen.

Immer wieder stürzen Sie sich dagegen.

So berühren sie die Kälte, frieren ein und brüllen Ihre Schmerzen hinaus in die leuchtende Nacht.

Größenwahn

»Ich bin alles!«, brüllte ES und lachte über all die anderen Kleinen Götter neben IHM. Denn ES war der mächtigste Gott unter Göttern.

Die anderen aber schlossen sich zusammen und fingen ES ein und verbannten ES aus ihrer Welt an den Rand einer fernen Galaxie. Dort stießen sie ES hinab in den Staub eines blauen Planeten.

»Lerne!«, lächelten die Alten Götter.

»Lerne in der Hölle zu leben! Lerne klein zu sein! Dann erst, wenn du gelitten hast, wenn du schließlich alles begriffen und erfühlt hast, kehre nach Tausenden Leben und Toden und Wiedergeburten zu uns zurück!«

So wurde ES nach vielen Leben auch einmal als Mensch, als hilfloses Baby geboren. So wuchs er als kleiner unbedeutender Mensch auf, der noch immer davon träumt, ein großer Mensch zu sein. So lebte er, kein Adonis, sondern mit krummen Knochen, verspottet und mitleidig belächelt, mit wenigen Ausnahmen von Frauen abgelehnt, von wenigen Freunden nur umgeben und meist allein.

Und seine Seele schrie bisweilen in Zeiten der Stille.

Bei manch einem Sound und auch in der Nacht vor dem Einschlafen im Bett stiegen in IHM wie Blitze seltsame farbige Bilder von Räumen, von Welten auf ... und Klänge waren da, die ... die ihn an Zeiten einstiger Größe erinnerten.

Siehst du ihn jetzt weinen? Tausendundeine Träne in die Nacht.

Hörst du ihn jetzt schreien?

»Wo?«, willst du wissen.

Er wohnt ja direkt neben dir! Vielleicht auch über dir,

unter dir, in deinem Haus. Dein Nachbar könnte er sein, einer von sechseinhalb Milliarden Menschen, nicht weniger, nicht mehr, ganz klein und ganz allein, das könnte ES nun sein.

Das Grollen

Ein Grollen
stieg auf
aus den Schluchten
des Waldes

Ein Grollen
wehte mit den Lüften
hinüber zur Menschenwelt

Ein Grollen
lag
über der Zeit

Denn ES war erwacht
aus Jahrmillionen
währendem Schlaf

Denn ES erhob sich
stand auf

Denn ES schrie
den Schrei
»Geboren!«

Hinter dir her

Du rennst, was das Zeug hält. Du rennst, so schnell dich deine Beine tragen.

Wird nichts nützen, denkst du. Schneller kann ich nicht. Irgendwann bin ich müde. Keine Chance!

Du rennst, ohne dich umzudrehen durch die Nacht. Etwas ist hinter dir her.

Gedanken rasen: Dreh dich nicht um, der Golem geht um! Sonst könntest du zu Stein erstarren. Oder - Sodom und Gomorrha - deine Augen schmelzen im atomaren Feuer. Dreh dich nicht um!

Du läufst immer weiter. Und doch drehst du dich um, ohne im Lauf inne zu halten.

Hinter dir siehst du nichts. Doch du weißt es, dass da etwas ist und näher und näher, immer näher kommt.

Noch immer rennst du, schon ziemlich außer Atem, durch die Nacht. Jetzt jedoch hörst du ein Keuchen hinter dir. Es sitzt dir im Nacken.

Nein, alles nur Einbildung.

Doch du weißt, dass es noch immer hinter dir her ist, noch immer! Irgendwie spürst du, dass dieses Etwas niemals aufgeben wird.

Du rennst immer weiter. Wird es denn niemals enden?

Du erinnerst dich an Kindheits-Jugendzeiten beim Zahnarzt: schmerzhaftes Bohren an kariösen Stellen, das einfach nicht aufhören wollte.

Du rennst, und seltsam, du erinnerst dich nicht, wo und wie dein Lauf begann. Bist du mitten im Rennen erwacht? Oder träumst du noch immer einen Alb? Dann wird alles mit deinem Erwachen enden.

Doch auch so wird alles enden. Müde, müde bist du

nun geworden. Schon scheint es dir ein Zeitlupenlauf, so langsam bewegen sich dort unten deine Beine im Licht der Laternen durch den menschenleeren Park der Stadt.

Dort oben leuchtet still wie seit Jahrmilliarden eine Volle Mondin über dir, die so Vieles sah, unter deren Licht so viele Menschenopfer geschahen, wie sollte es auch anders sein!?

Du bist am Ende. Du bleibst stehen.

Schon packt ES zu.

Etwas hält dich am Hals.

Ein kurzer Schmerz, nicht mehr. Also stimmt es doch: die vom Räuber gepackte Beute spürt nicht viel, denkst du noch.

Schlaff hängst du in SEINEN Kiefern.

Rasend zieht dein Leben vorbei.

Vor dir öffnet sich ein Tunnel aus Licht und Klang.

Dreh dich nicht um! Dreh dich nicht um, der Golem geht um! Sonst könntest du zu Stein erstarren. Oder - Sodom und Gomorrha - deine Augen schmelzen im atomaren Feuer. Dreh dich nicht um!

Doch das alles sind Körperängste, die zählen jetzt nicht mehr.

Du tust es, während du nach oben gerufen wirst. Du schaust hinab.

Warum?

Du siehst das schwarze Wesen der Nacht. Du siehst in seine leuchtenden Augen aus Feuer.

ES schaut deine fliehende Seele an.

Grinst ES oder ist da ein Lächeln?

Du siehst deinen toten Körper in SEINEN Fängen.

ES ist nach Hause zurückgekehrt. ES wirft deinen Körper in seine Höhle.

Doch bevor ES ihm folgt und in den Tiefen der Erde

verschwindet, schaut ES noch einmal auf, schaut dir nach, der du dich schon abgewendet hast, dem Licht und dem Singen zu, die dich rufen!

Seltsam, welch lieblicher Tod!, denkst du noch ein letztes Mal zwischen den Welten.

Hinterrücks

Etwas rast hinter deinem Rücken. Du drehst dich um.

Nichts!

Also wieder Kopf nach vorne. Du senkst deinen Kopf, liest weiter in deinem Buch.

Doch wieder spürst du es. Deine wenigen Nackenhaare, die Reste vom einstigen Fell, richten sich auf. Da ist doch was! Deine Seele schreit Angst. Zitterst du?

Nein! Aber du legst nun doch dein Buch zur Seite, das den Titel *Ruf der Mondin* trägt und von einem gewissen Rainar Nitzsche geschrieben wurde. Kannst dich beim besten Willen nicht daran erinnern, wie du an das schwarzweißrote Buch kamst, in dem die Texte viel zu klein hintereinandergeknallt drinstehen. Das muss dem Autor mal gesagt werden.

Doch das alles interessiert dich jetzt nicht im geringsten. Denn jetzt ist ES da, aus den anderen Räumen getreten, durch die Wand deines kleinen Zimmers - und da sperrst du nachts vorne die Tür zu, damit dich keiner und niemand im Schlaf überrumpelt.

Du drehst deinen Kopf, du siehst ES, erstarrst.

Und ES? Was tut ES?

ES ist starr wie du. ES schaut dich aus einem Koboldmakigesicht mit riesengroßen Nachtaugen an, dieses Nachtmonster mit seinen spindeldürren knochigen Fingern.

Das reinste Multifinger-Aye-Aye, denkst du, denn bei Affen und Halbaffen kennst du dich ein wenig aus.

Na ja, immerhin etwas, das Denken scheint also noch - oder wieder? - zu klappen.

Dann erholt ihr euch beide von dem Schrecken.

Du drehst jetzt erst mal deinen ganzen Körper rum,

hockst dich ruhig auf deiner Liege hin und lässt ES nicht aus den Augen.

Und dieses Nachtwesen, was tut ES?

Rast ES jetzt auf dich zu mit offenem zähnestarrendem Maul und blitzenden Dolchen an den Fingern, um dich zu zerfetzen und dein Blut zu trinken?

Nein, ES verbeugt sich lächelnd und lautlos, tritt rückwärts durch die Wand - und ist auch schon wieder verschwunden.

Und du weißt, dieser erste Kontakt zwischen zwei Arten, zwischen dir und IHM wird nicht der letzte sein.

Ich - ich

Einst nannte
ich
ES
Kristall

Der flog mir zu
und war doch
ich

So wuchsen
wir
zusammen auf
und wurden
was wir
schon immer waren:
Eins

In ihm

ES stand auf in ihm.

Nicht in seinem Körper.

Nein, seine Seele brach auf.

Und Schwärze drang ein.

Noch zucken die »ewig« laufenden Bilder. Noch hört er die Stimmen der anderen in der Ferne verklingen. Ein Geruch nach Eisen - nach Blut.

Dunkelheit, Stille, Taubheit und Geruchlosigkeit.

Jetzt hat ES all seine Verbindungen nach außen gekappt.

Und nun frisst ES ihn von außen, von innen, von überall her zugleich auf.

Irgendwo

Jetzt erinnerte er sich, jetzt in diesem Augenblick kam alles wieder zurück, jetzt, als er den Liebenden zusah, als er sah, wie *sie* in *seinen* Armen starb. In seinen Tränen blühte Vergangenes wieder auf.

Irgendwo und irgendwann in der Schwärze singt *Licht*. Irgendwann und irgendwo leuchtet *Klang*.

Und in IHM, das immer schon ist, wächst die Sehnsucht nach der Weite.

Also beschließt ES, sich zu teilen, also teilt ES sich und sendet SEINE Teile in alle Welten aus.

Freudig rasen WIR dahin. So gelangen WIR zu den Sternen, zu den Planeten.

Eines SEINER Teile fand den Weg zu unserem Sonn, gelangte zum dritten Planeten, den wir Erde nennen. Und ES, das auf der Erde erwachte, wurde in einem Menschen wiedergeboren.

Bisweilen aber brach ES aus SEINER Menschenkörperhülle hervor, wachte auf aus SEINEN Menschen-ES-Träumen.

Jetzt erinnerte er sich. Er sah unter dem Licht der Vollen Mondin zu den Sternen empor und weinte Tränen der Sehnsucht in die Nacht.

Einmal geschah es, alles geschieht irgendwann einmal zum ersten Mal. Und wieder und wieder kamen Tränen und Erinnerungen zurück. Dann geschah es immer öfter. Von Mal zu Mal wusste er mehr, wusste wieder, wie es einst war dort draußen - drinnen - jenseits der kleinen Menschenwelt.

Und die Sehnsucht nach den anderen, die Sehnsucht nach der verlorenen Einheit stieg brennend in ihm empor, rieselte als unsichtbarer Schnee, prasselte als Hagel eisig kalt aus den Sternen in sein winziges Menschenhirn, seinen kleinen Menschengeist, seine Seele.

Oh, diese Sehnsucht. Er weinte.

Und in seiner Musik, seinen Collagen, seinen Gedichten und seiner Prosa, überall tauchten immer wieder SEINE Erinnerungen auf, auch wenn es nur vom Menschengeist veränderte Abbilder der alten Wirklichkeit waren.

Und so schrieb er, schrieb ES in ihm, diese Zeilen hier.

Die Jagd

Müssen rennen, schneller, immer schneller.

Weshalb?, willst du wissen?

Weil ES uns auf den Fersen ist, weil ES uns fressen will. Weshalb sonst!

Doch müssen wir wirklich fliehen, in panischer Angst davonrennen?, fragt sich einer unter uns.

Laufen wir gar nicht vor dem Tod *davon*, sondern IHM genau in die Arme, der da an unserem Lebensende auf uns wartet?

Beschleunigen wir etwa sogar den Lauf des Anderen, das hinter uns her ist, nur durch unser ängstliches Rasen?

Ja, lösen wir die Jagd durch unsere wilde Flucht vielleicht erst aus?

So mancher Räuber jagt fliehende Beute und sondert dabei die Kranken und Schwachen und Müden aus. Die fällt er an, denn sie sind ohne große Mühen zu besiegen.

Ja, so ist es.

Wir werden alt.

Wir sind krank.

Unsere Kräfte gehen zu Ende.

Also ...

Jenseits

Jenseits von Zeit und Raum, da träumt / denkt / spricht ES - Gedanken und Gefühl:

»Ich bin das Licht und die Kraft und die Herrlichkeit in Ewigkeit!«

Also ruft ES, das da leuchtet und glänzt und strahlt, sich zusammenzieht und ausbreitet von Anfang bis Ende zu Anfang ... Denn da ist kein Alpha und kein Omega. Was existiert, das ist das Sein, das lebt und spricht: »Ich bin!«

Sich brechend, zurückgeworfen, ausgesandt von überall nach überall, strahlt ES aus dem Ursprung, aus Vergangenheit und Gegenwart, aus der Zukunft in die Zukunft. Denn derlei gibt es nicht und gibt es doch.

Dieses ES, das dort draußen überall ist, ES ist auch diesseits, in dir, in uns.

Ist nicht der Geistesblitz, der dich erreicht, wie ein Strahl durch einen Vorhang, der nur allzu kurz sich öffnet?

Sprechen deine strahlenden Augen des Glücks und der Freude nicht von einer Welt, die jenseits der Erde liegt?

Viele unter uns werden nun antworten: »Ja, es ist GOTT, der da in uns weilt.

Andere werden sagen: »Ich bin es! Mein Menschengeist, in Jahrmilliarden Evolution geschaffen, mein Gefühl!«

Doch lachen muss der Kreis, über den, der seinen Ursprung sucht.

Denn jenseits von Raum und Zeit ist kein Ursprung, keine Dauer, kein Ort, kein Verweilen - und doch zugleich Bestehen, Sein.

Aber ach!, wie sollen Worte, die nur Bezeichnungen für Raum, allenfalls für Zeit sind, wie sollen diese Worte dich beschreiben, du Allumfassendes ES, das du doch wohl nur in meinem Geist WEISS heißt.

Kantine 1

Frühstück in der Kantine der Buchhändlerschule in Frankfurt-Seckbach. Es ist Samstag, alles ist still, bis auf das laute Brutzeln der Hähnchen im Hintergrund.

Dann der Schock! Die Frau dir gegenüber, ganz hübsch mit Brille, aber etwas missmutigem Blick hat eine linke verkrüppelte Hand: fast keine Finger, der Arm ist verkürzt.

Contergan, denkst du.

Dann nur wenige Augenblicke später passiert es vor deinen Augen, die starren und starren, hypnotisiert.

Die Wand gegenüber, rote Backsteine ganz ohne Verputz, bricht auf.

Und ES bricht aus dem Loch in der Wand hervor.

Still steht ES nun inmitten der Trümmer und wartet.

Du weißt, ES wartet auf dich.

Du kannst ES nicht beschreiben. ES ist so flimmernd, so schlängelnd, so gigantisch. H. P. (Lovecraft), denkst du.

Du schaust dich um im Raum. Alle Frauen neben dir, dir gegenüber und um dich herum - welcher Mann lernt schon Buchhändler, bei der Bezahlung! - müssten doch entsetzt schauen und schreien.

Schreien sie?

Nein!

Das gibt's doch gar nicht! Ist die Realität also doch ganz anders als der Film, wo Frauen schon beim Anblick von Spinnen loskreischen und heldenhafte Machomänner, jederzeit zu allem bereit und niemals müde, sich auf die Untiere stürzen?

Oder nimmt ES etwa niemand außer dir wahr.

Noch immer steht ES da und wartet auf dich. Du weißt es, denn du hörst jetzt deutlich SEIN Flüstern, das ist SEIN Ruf.

Du stehst auf.

Du gehst traumwandlerisch in Richtung Wand. Dabei starrst du ES noch immer gebannt an.

Du erreichst das Loch in der Wand.

Du gehst hindurch.

Ach ja, eine Frau schaut vom Essen auf. Sie sieht den Kollegen auf die Wand zugehen, sieht ihn in der Wand entschwinden.

»Da!«, stammelt sie staunend und zeigt in Richtung Wand. »Da!«

Mein Schwert!, dachte er einen Augenblick lang. Dann wieder gewann die Vernunft die Oberhand: *Highlander*! Träume! Nichts als Erinnerung und Wunsch. Hab' doch gar kein Schwert hier bei mir, bis auf die Samuraischwerterimitate zu Hause.

Doch ES stand dort in der Mauer und wartete.

Er allein schien ES zu sehen.

Nur auf ihn schien ES zu warten.

Mein Schwert!, sang es von neuem in ihm.

Aber noch immer geschah nichts. Noch immer verharrte ES.

Er stand auf. Na gut, dachte er nun. So sei es! Ich wurde gerufen und folge. Hat keinen Zweck zu fliehen. Denn ES aus den anderen Räumen wird mich überall finden, an jedem Ort, zu jeder Zeit.

Also ging er zum Loch in der Mauer, hin zu IHM, das dort noch immer auf ihn wartete, wie lauernd einst im Traum.

Träumend schritt er voran, träumend folgte er SEINEM Ruf.

Jetzt begann ES grölend zu lachen. SEIN Lachen, das in seinen Ohren wie Knurren klang, war ein tiefer bellender Ton aus den tiefsten Höllen der Erde.

Den Traum des Helden träumend griff er mit seiner Rechten nach links, wie er es so oft geübt, wie es sein Geschöpf, wie es Manfred der Magier in seinem Roman* mit seinem magischen Schwert immer tat. Träumend hielt er den Griff des magischen Schwertes in der Hand. Träumend zog er es von dort heraus, wo es ruht, wartet, jenseits unseres Raumes, unserer Zeit.

*: Rainar Nitzsche: Der Leuchtende Pfad des Magiers

Und das Wunder geschah: ES begann zu schreien. ES wich zurück im magischen Feuer dieses Schwertes. ES drehte sich um, versuchte zu fliehen, stellte sich nicht dem Kampf.

Doch er warf IHM sein Schwert nach, das da floh vor Entsetzen und durchbohrt zu einem Nichts zerfloss, verdampfte.

Noch immer stand er vor dem Loch in der Mauer, das sich nun lautlos wieder schloss.

Dann drehte er sich um, verließ die Kantine, ging frohgemut seiner Freizeit entgegen. Ein wenig seltsam schien es ihm aber doch, dass niemand sonst etwas von alldem gemerkt hatte.

Kantine 3

Erst bebt die Erde. Dann ist da ein ungeheures Krachen. Die Backsteinwand der Kantine zerbirst. Ein Loch klafft in der Mauer, ein Loch und ...

Er, der dieses hört und sieht, *er*, der dort sitzt, noch halb schlafend am Morgen, ist nicht schockerstarrt, auch schreit er nicht, sondern er lächelt nur.

Einst gesehen, jetzt geschehen!, denkt er und isst weiter.

Und ES, ein Riese in menschlicher Gestalt, dessen Körper schillernd seine Farbe wechselt, tritt hervor und bläst gleich einem Drachen seinen feurigen Atem in den Raum, der auch schon brennt.

Es b r e n n t !!!

Und nicht nur die Dinge: Stühle und Tische, sondern vor allem die Menschen: Schülerinnen, Schüler und Lehrer, sie alle brennen jetzt lichterloh und schreien vor Schmerzen und wälzen sich und versuchen davonzulaufen und irgendwie das Feuer zu löschen.

ES aber brüllt vor Ergötzen. ES lacht.

Nur er sitzt hinter einer unsichtbaren Wand, die schirmt ihn ab, die hält die Hitze fern und den Lebensstoff, den Sauerstoff für ihn bereit. Also lebt er weiter. Ihm allein geschieht nichts.

Wie kann das alles sein?, würdest du fragen, wärest du hier und sähest aus sicherer Distanz - sofern es die denn gibt - all dem zu.

Warum tut er nichts? Wie geht es weiter? Wo überhaupt kommt das Monster her? Ist ES etwa gar ein Teil von ihm, die dunkle Seite, die lange verdrängt nun aus ihm bricht?

Doch du bist nicht am Ort des Geschehens. Also stellst du auch keine Fragen.

Er jedoch ist dort.

Er ist der Einzige, der die Katastrophe überlebt.

Er sitzt nur da und - weint.

Die Katakomben

Es geschah vor fast zweitausend Jahren in den Katakomben unter Rom. Dort war es, wo ein mächtiger Gesang, ein Lied aus hundert Kehlen, voller Inbrunst und Glaube erklang.

Und nicht nur die Menschen und mit ihrem Atemhauch die Luft, auch die Steine sangen die Lieder des HERRN, der SEINEN Sohn für sie geopfert hatte.

ES aber hörte dies und kicherte mit heiserer Stimme und murmelte krächzend vor sich hin: Sie werden schreien, sie werden alles vergessen, sie werden kreischend laufen und MIR in den Rachen fallen. Denn ICH bin die Nacht und die ewige Macht. MIR wurde diese Welt für alle Zeit gegeben.

Und ES erschien, während einer unter den Gläubigen die Worte des Herrn predigte. Aus dem Dunkel brach ES hervor. Ein schwarzes Wesen, schwärzer als die Schatten, die flackernden Schatten am Rande der brennenden Kerzen war ES. So brach ES hervor aus der Nacht, ein Donner und Brüllen hinein in die Menschenlieder.

Und schon war das Gottvertrauen dahin. Panik brach aus: Sie rannten, flohen durch die engen, verwinkelten Abflusskanäle der großen Stadt.

Einige, wenige nur, verharrten. Sie knieten nieder, sie sangen weiter ihr Lied und dachten: Oh Herr, nimm unsere Seele gnädig auf, wir folgen dir.

ES aber kicherte mit multipler Stimme und imitierte ihre Worte: OOO HERRRR NIMMM UNSERE SEELE AUF!!!

Grollend und kichernd zugleich lachte ES: »Oh ja, ICH nehme *euch* auf, kommt her, meine Kinder. ICH bin *eure* Zukunft! In MIR lebt ihr ewiglich. Werdet mein Fleisch, werdet ICH!«

Und schon öffnete ES SEINEN Rachen, sog sie mit einem feurigen Atemzug ein. Noch immer betend und doch schon brennend in SEINEM heißen Atem wurden sie zwischen SEINEN Zähnen geröstet und zermalmt.

Doch auch all die anderen, die da noch immer rannten und flohen, konnten IHM nicht entkommen. Sie alle endeten dort, wo die Gläubigsten als erste hingelangt waren: in SEINEM Magen, SEINEN Därmen, SEINEM Fleisch.

Und das geschah so: Magisch verschloss ES alle Ausgänge nach oben zur Stadt und zum Tiber hin und rief sie mit ihren Namen.

Und alle kamen sie schlafwandelnd in langen Reihen gelaufen.

Und wieder öffnete ES SEINEN Mund voll blitzender Dolche, SEINEN Rachen voller Feuer.

Stumm traten sie alle, einer nach dem anderen, ein.

»Wie ich euch liebe, kommt meine Kinder!«, krächzte ES in einer uralten Sprache, die kein Mensch verstand. »Habe euch zum Fressen gern!«

So fraß ES schließlich alle auf und legte sich zur Ruhe.

So war es, so geschah es, so endete ein Gottesdienst in ferner Zeit. Kein Mensch überlebte. Also war da auch niemand, der davon berichten konnte. Und alles wurde fast 2000 Jahre lang, eine lange Zeit für Menschen, vergessen.

Ich aber sah es in mir hier in meiner Zelle, in einem Traum vielleicht, bei Tag oder bei Nacht. So erzähle ich es jetzt, um euch zu warnen. Denn ich sehe ES wiedererwachen. Mein Gott, ES kommt und frisst mich au...!

Katana

Plötzlich war ES da, ein Ungeheuer wie aus dem Gruselkabinett, aus Horrorbüchern, aus Splattermovies.

Das trifft sich ja gut, dachte er, denn er fühlte sich schon ganz wie ein echter Samurai.

Die anderen sahen das brüllende Tier kommen. Da rannten sie, ohne sich umzuschauen. Nur nichts sehen, nur nichts wissen. Flucht heißt leben!

Wie Recht sie doch gehabt hatten!

Zögernd kamen sie jetzt näher, als der Gefallene sie rief. Dann gruben sie ihn unter dampfendem Fleisch aus. Doch sein Schwert, von dem er immer sprach, mit dem er das Untier getötet haben wollte, welches auf ihn gefallen, ihn unter sich begraben und fast erstickt hatte, das fanden sie nirgendwo.

Einer unter ihnen aber erinnerte sich daran, wie er beim Sprintstart stolperte und schon im Staub lag. Sein Fuß schmerzte. Flucht beendet, alles aus, dachte er, schau ich also dem Monster ins Gesicht, wenn ich schon sterben muss, drehte sich um und traute seinen Augen nicht: Dieser tolldreiste Mensch dort schrie das Monster an, das daraufhin zögerte, brüllte ES an, und statt wegzulaufen oder wenigstens stehen zu bleiben, stürzte er ihm auch noch entgegen. Typisch lebensmüder Irrer!

Er lief auf das Monster zu und zog im Laufen sein großes Schwert, das Kampfschwert mit Namen *Katana*. Es ist wieder wie einst, dachte er, wie einst!

Dann sah er beim ersten Schlag nach dem Kopf des fauchenden Wesens, wie sein Schwert aufleuchtete, bemerkte, wie das Monstrum verdutzt über den angreifenden Winzling Mensch im Lauf innehielt.

Das hatte ES noch nie erlebt. ES war gewohnt, dass die Menschen bei SEINEM Anblick schreiend davonrannten, in Ohnmacht fielen oder auf der Stelle starben. Und ES aß gerne Menschenfleisch, am liebsten zappelnd-schreiend-zartes Kinderfleisch.

Er aber kannte keine Angst mehr. Er war schon vor Zeiten gestorben, und wer tot ist, fürchtet den Tod nicht mehr. Nicht, dass er ein Zombie war, nein, er lebte seit seiner Geburt, aber ein Samurai lebt für den Tod im Kampf. Dies ist sein Weg, sein Weg zur Erleuchtung.

Schmerz und sprudelndes Nass, Schmerz! Zerquetschen, zerdrücken, vernichten!, dachte ES noch und ließ sich über ihn fallen, schnell wie ein Blitz, zu schnell für ihn. Dann starb ES.

Der Gestolperte sprach zur versammelten Menschenmenge: »Mann o Mann, der Spinner lebt! Das hättet ihr sehen müssen. Mit bloßer Faust lief er auf das Monster zu. Dann schlug er um sich, ich glaube, er traf ES nicht einmal, er schlug nur unter IHM durch. Und das Wesen begrub ihn unter sich und war einfach tot.«

Aber die vielen frischen Wunden, SEIN fast vom Körper abgetrennter Kopf, all die Male an diesem Höllenkind, wer brachte sie ihm wann dann bei, wenn nicht *er*?«

»Habt ihr je ein Schwert bei ihm gesehen?«

»Nein! Aber dann muss es eben ein Küchenmesser gewesen sein!«

»Ich sah ihn mit bloßer Faust stürmen!«

Sie fanden kein Schwert. Wenn es also nicht durch eins dieser mysteriösen Löcher in Raum und Zeit gefallen ist, die sich manchmal auftun auf der Erde, wenn immer ein Mensch etwas sucht und es nicht findet, dann ... ja, dann hatte er nie ein Schwert besessen!

Doch sein Nicht-Schwert und sein Todesmut schlugen Wunden und brachten dem Monster den Tod!

Die Schar der Presseleute war gewaltig. Die Kameras liefen, und die Reporter bestürmten ihn mit Fragen.

Er aber lächelte nur und ging lächelnd - ins Nichts davon.

(K)eine Nahrungskette

Dort lauert sie im hohen, dunklen Gras der Wiese. Dort lauert sie auf Beute.

Nah, so nah sitzt die ahnungslose Fliege.

Sie aber, die Räuberin, ist zum Abflug, zum Flugsprung bereit.

Der nichtsahnenden Raubfliege - denn es fällt kein Schatten, denn er geht behutsam vor - nähert sich ein Mensch, der hält die Spiegelreflexkamera mit Makroobjektiv und Blitz vorne drauf in seinen Händen. Schon hat er sie im Visier. Er sieht jedoch nicht die andere Fliege, sondern hat nur Augen für die Räuberin, die in seiner Sammlung von Trophäen noch fehlt. Er will die Raubfliege, sonst nichts, er will ein Foto von ihr.

So lauert einer dem anderen auf. Eine Kette ist entstanden: Fliege - Raubfliege - Mensch. Eine Kette, die noch lange nicht zu Ende ist.

Wüsste er doch nur, dass hinter ihm ein anderer steht, ein Messer erhoben in der Hand, sein Herz zu nehmen, im Schatten noch, im Grenzbereich von Wiese und Wald! Aber ihm wird nicht heiß, denn was man nicht weiß, das ...

Ach ja, und letzterer, der schon viele Menschen ermordet hat, der achtet nicht darauf, dass der Tag sich dunkelt zur Nacht, weiß nicht, dass in *dieser* Nacht ETWAS aufsteht aus der Schwärze, das Menschen mit schwarzem Herzen, Geist und Seele besonders gern hat, zum Fressen gern!

Doch der Nacht folgt der Tag. Welch ein strahlend heller Tag! Der frisst die Wesen der Nacht. So ist der Lauf der Dinge auf dieser einen Erde von ach so vielen in diesem und all den anderen Universen.

Alles scheint für einen Augenblick in der Bewegung, im Ablauf erstarrt. Für einen winzigen Augenblick herrscht Frieden in der Welt.

Dann aber folgt Tat auf Tat: Die Fliege sonnt sich ahnungslos. Die Raubfliege startet zum rasenden Flug. Da! Schon hat sie ihre Beute im Fangkorb ihrer Beine umklammert und sticht sie mit ihrem Rüssel an.

Er hat sie beide auf dem Film. Hurra! Mehr als er sich erhoffte.

Doch nach hinten schaut er nicht. Und es geschieht.

Ein Schrei, *sein* Schrei?

Nein! Er röchelt nur kurz, was keiner hört. Hui, wie spritzt das Blut aus seinem zerfetzten Hals, dem großen Fotografen, der nun so klein dort unten auf dem Rücken liegt.

Der Mörder lacht, reißt ihm das Hemd vom Leib und schneidet das zuckenden Herz aus seiner Brust. Still hält er es empor.

Aber die Nacht hat sich schneller noch als in den Tropen herabgesenkt.

ES steht auf in der Dunkelheit. Schwärze, aus Schwärze geboren. Und ES zieht die Luft mit SEINEM Atem ein.

Herz, Mörder und Opfer wirbeln durch die Lüfte, hinein in SEIN gewaltiges Maul.

Oh, wie ES kaut und schluckt und lacht, lacht und genüsslich kaut, bis der Morgen graut.

Sie brennen, die ersten Strahlen des Sonn! In SEINEM Rausch hat ES den Tag vergessen. Diese Strahlen brennen sich tief in SEINEN Körper. Schreiend schmilzt ES dahin zu Tau.

Ein neuer Tag, ein neues Glück.

Wohin gehen wir heute?

Wieder auf eine Wiese?

Nein! Diesmal ist es ... eine kleine Stadt vielleicht.

Viele Menschen verschwinden hier, Jahr für Jahr.

Und niemand findet sie jemals wieder.

Ja, Hupen und Schreien und Hetze, Mann, hier ist aber was los!

Futter, Futter noch und noch, das reicht für alle, die hungrig sind nach Körper und Seelen.

Kind einer Frau

Sie fanden die Frau in den Wäldern und trugen sie heim in ihr Dorf.

Und sie gebar, nein, aus ihr wurde geboren, kalt und stumm, ein Wesen, das Erde war und Stern zugleich.

Und SEINE schwarzen Augen brüllten auf, als Flammen in der Nacht aus trockenem Holz wuchsen.

So starb ES still am ersten Tag auf Erden und ward bald wieder vergessen. Denn neues Leben wuchs, denn Menschen lebten, denn Menschen starben.

So ging die Zeit dahin. Und eine Stadt entstand. Viele Menschen und Tiere und Pflanzen kamen und waren und gingen.

Tausende Jahre später schloss ich meine Augen für einen Augenblick und sah und schrieb es auf. So kam alles ins Menschheitsgedächtnis zurück.

Der Kuss

Ein nicht enden wollender Zungenkuss.

Längst hast du die Augen vor Wonne geschlossen. Was für ein Mann. Alle, die vor ihm waren, sind jetzt in diesem ewigen Augenblick vergessen. Es gibt nur diesen Einen - und der gehört mir.

Längst hast du die Augen vor Wonne geschlossen, du Frau meiner Träume, meine Liebe, mein Leben, mein ...

»Mein Gott, was ist das? Dort, die da, die sich küssen, dort ...!«

Alle drehen wir unsere Köpfe dorthin, wohin einer von uns zeigt, der sie als erster sah. Die Gier nach Neuem, unsere Neugier ist einfach zu groß. Da kann wirklich keiner widerstehen.

Dann schreien wir alle - so laut im Innern, so stumm nach außen, dann schreien wir stumm vor Entsetzen auf.

Der Küssende dort hielt nur einen Augenblick inne, der sich zu Ewigkeiten dehnen mag – irgendwo in irgendwem.

Für *uns* läuft alles rasend schnell), während *sie* noch immer die Augen geschlossen hält. Wovon sie wohl träumen mag?

Dann ziehen sich seine Lippen zurück.

Wir sehen noch immer sein schmerzverzerrtes Gesicht, seinen Kiefer sich verändern und seine Zähne wachsen. Ein Werwolfgrinsen wirft er uns, den tatenlosen Zeugen, zu, während *sie* noch immer ahnungslos mit geschlossenen Augen erwartungsvoll und zitternd erregt auf das wartet, was da noch kommen soll.

Gleich wird er ihr den Kopf abbeißen, mit einem Biss den ganzen Kopf vom Rumpf reißen, verschlingen, zermalmen oder aber seine Eckzähne in ihren Hals schlagen und ihr frisches rotes sprudelndes Blut trinken, falls er denn doch kein Werwolf ist, sondern ein Vampir.

Keiner von uns gibt einen noch so leisen Laut von sich. Wir alle sind starr vor Entsetzen. Keiner stürzt vor. Keiner läuft hin. Keiner hilft der jungen Frau – dem armen Opfer männlicher Gier.

Jetzt öffnet er seinen Mun..., jetzt öffnet ES SEIN gewaltiges Maul und ... saugt sie ein, verschlingt sie ganz und - rülpst.

Dann schaut ES sich um - sieht uns und grinst, dreht sich um, kommt auf uns zu.

Wir rennen.

Wie zärtlich seine Zunge sich meinen Hals entlang tastet, mit meinen Ohren spielt, eintaucht, die Piercings umzüngelt und zu meinen Lippen zurückkehrt. Und erst das Zungenspiel! Diese züngelnde Menschenschlangenzunge, die meinen Mund bis tief in den Hals erkundet - wie seltsam, ich würge nicht, ich ringe nicht nach Luft – *das* kann nur *Liebe* sein - und mich erzittern lässt im Herzen - wie es rast voll Leidenschaft -, high singt mein Hirn berauscht. Meine Seele bebt vor Liebessehnsucht. Mein Atem rast, feucht bin ich schon längst zwischen den Beinen, ich öffne mich unten, ich höre mein Stöhnen nicht mehr und schreie doch meine Lust hinaus.

Jetzt schweben wir, umschlingen uns, treiben und tanzen, singen, lachen und weinen in dieser weiten Welt, die endlos ist und schwarz.

Andere Sterne treiben dort, die sind wie wir und anders doch zugleich.

Lachen - Stille - Grollen und Bersten

Aus den Felsen brach ein Lachen.

Dann war Stille für lange Zeit.

Tausend Jahre gingen so dahin wie ein Tag. Denn was sind schon tausend Jahre für einen schlafenden Berg!?

Zahlreiche dieser Tage folgten, die keine Erdentage sind, doch andernorts auf langsamer rotierenden Welten als Tage existieren mögen.

Der Berg wurde abgetragen. Die Landschaft ringsum veränderte sich. Wo einst Wald wuchs, hatten Menschen längst Lichtungen geschlagen, Dörfer errichtet und Äcker angelegt nach einem göttlichen Gebot: Machet das Land fruchtbar und mehret euch! Aus den Dörfern war eine Stadt geworden mit Häusern und Straßen, mit Geschäften, einem Rathausturm und einem Fußballstadion auf einem Berg, versteht sich. Denn dieser Ort lag mitten in Europa. Das 21. Jahrhundert hatte begonnen, der Anfang vom Ende.

Denn eines Tages geschah es.

Jetzt.

Jetzt ist da ein Grollen und Bersten und Reißen im Berg.

Und nicht nur hier vor Ort. Überall auf der Erde mehren sich die Beben und Stürme und Fluten und Feuer.

Hier aber fliegen Felsen ins Tal, treffen Häuser und Straßen, erschlagen Mensch und Tier.

Denn SEIN Geist ist erwacht, SEIN Körper steht auf aus Stein und schreit seinen ersten Lebensschrei: »G E B O R E N!«

Dann dreht ES sich im Kreis, nimmt seine Welt wahr mit SEINEN für Menschen unbegreiflichen Sinnen.

Dann macht ES sich auf, die Dinge zu tun, die IHM befohlen wurden.

Dann geht ES hinaus in die Weite der Welt und vernichtet die Menschen.

Und nichts hält ES auf, denn wohin ES auch tritt, dort entstehen aus der Erde SEINE Kinder, die sind wie ES.

So vermehrt ES sich.

Und die atomaren Feuer, die die Menschen in ihrer Verzweiflung entfachen, töten sie selbst, doch niemals nie ES und SEINE Kinder. Denn ES könnte auch im eisigen All existieren, wenn denn die letzten Menschen die Erde explodieren ließen.

ES geht SEINEN Weg.

SEIN Name ist Apokalypse - das Grauen, das Ende selbst.

Lava hier und andernorts

Höllen gibt es hier oben auf Erden, nicht weit von uns entfernt. Für uns, nicht aber für andere, sind es Höllen.

Höllen blühen dort unten in der Tiefe am Grunde der Meere.

Außenhöllen, Feuer und Hitze und ... - das sind sie alle.

Innenhöllen brechen aus uns hervor, hüllen uns in unseren Träumen und Geschichten ein, halten uns gefangen und lassen uns nie mehr los.

Eisige Höllen existieren andernorts, weit entfernt in Raum und Zeit, in einem Universum namens T-her, von dem dieser Nitzsche in seinen Romanen* erzählt, die ich einst irgendwann einmal las, vielleicht hielt ich aber auch nur einen Werbezettel mit kurzer Inhaltsangabe in den Händen - wer liest denn heute noch? Eisig sind auch andere Höllen ganz nah - im Sonnensystem.

Höllen für uns, für mich, für dich?

Schwarze Lava sprudelt empor. Schwarze Lava fließt wie Wasser hinab ins Tal und färbt sich weiß. Andernorts, nicht weit entfernt, steigen Schwefeldämpfe auf, Gase und Ströme von flüssigem Schwefel. Rotglühende Lava strömt am Grunde dieses Meeres in kaltes Wasser. Heißes schwarzes Wasser raucht empor, dort unten - in den tiefsten Meerestiefen.

Nicht dort in der Hitze, sondern hier in eisigster Kälte ließ ES sich vor langer Zeit, einer Ewigkeit für Menschen, vor 65 Millionen Jahren nieder, als ES mit dem Meteoritenschauer auf die Erde kam und das Klima sich wandelte und ein neues Zeitalter anbrach und so viele Tier- und Pflanzenarten verschwanden.

*: Rainar Nitzsche: Die Pfad-Romane.

Von dort aus sandte ES SEINE Teile aus - nach oben, zur Wärme hin.

ER war ein Teil von IHM dort unten.

So weilte ER unter den Menschen und lange zuvor unter jenen, aus denen einmal Menschen werden würden.

Wer weiß, was ER so alles tat, dass es so kam, wie es gekommen ist. Wer von uns kann es schon wissen, was ER unseren Ahnen angetan hat!? Vielleicht hat ER uns einst aus Affen erschaffen und alle Menschentheorien, ob biblische Schöpfungsgeschichte oder darwinsche Evolution, sind diesbezüglich falsch.

Wären wir ohne IHN da?

Wurden wir, ohne dass ER uns erschuf?

Veränderte ER uns?

Vernichtete ER andere Menschengruppen in SEINEM Zorn?

Spielte ER mit uns und gab uns, Prometheus oder Luzifer genannt, das Feuer?

Die Lawine

Langsam war er die Hügel emporgekrochen.

Irgendwann hatte er es doch noch geschafft, tief atmend, Schritt vor Schritt, doch gänzlich ohne Hilfsgerät.

Jetzt stand er oben und sah hinab.

Dort unten lag das weiße Land, von Bergen eingebettet.

Er sah hinab, und sein wilder Atem beruhigte sich allmählich, und auch seine Herzschlagfrequenz nahm ab.

Nebel und Dunkelheit stiegen über der weißen Weite des Schneelandes auf.

Kälte packte ihn, eisige Kälte.

Das Lauschen seiner Seele erstarb.

Ein Stoß - woher auch immer der kommen mochte.

Schon fiel er purzelnd und rollend den schneebedeckten Hang hinab.

So wuchs er an, wurde größer und größer, war bald schon das Zentrum einer wirbelnden Masse aus Schnee und Gestein.

»Die Lawine kommt!«, schrien die wenigen Menschen dort unten im Tal. »Rette sich, wer kann!«

Doch niemand von ihnen überlebte.

Still lag die Lawine lange Zeit.

Tage, Wochen, Monate, Jahre gingen ins Land, ohne dass der Schnee schmolz.

Doch schau! Da bewegt sich was!

Einst Mensch, nun nur noch ein Klumpen Fleisch, wird er wach unter den Strahlen des Morgensonn.

Denn der Globus hat sich erwärmt, die Gletscher schmelzen, eine gigantische Eisplatte der Antarktis brach ab und trieb der Kaiserpinguinkolonie entgegen und trennte sie durch Spalten ab vom Meer. So viele starben.

Denn der Schnee war auch hier dahingeschmolzen. Und Grün brach aus der Erde rings um ihn, dem Toten, Untoten.

Frühling.

»Geboren!«, rufen und singen lachend ES und die jubilierende Natur ringsum.

Lerne!

»ICH bin das Größte!«, schrie ES.

Und SEIN Lachen war Donner und Blitz und Sturm für alle Welten SEINES Universums.

Und die anderen Götter krochen vor IHM im Sternenstaub.

Und ES nahm sie alle in sich auf, die ES nicht anbeten wollten als den einzigen und wahrhaftigen GOTT, einen nach dem anderen, und wurde so immer stärker.

Irgendwann aber taten sich die letzten überlebenden Götter zusammen, stürzten ES von seinem Thron und verbannten ES aus der oberen Welt in eine der mittleren Höllen. »Lerne, klein zu sein!«, riefen sie IHM zu.

So wurde ich auf einem kleinen Planeten namens Erde wiedergeboren, so kam ich hier als Mensch zur Welt, als Mensch unter Menschen. So wuchs ich auf. So sperrten sie mich eines Tages in dieses Haus.

So reden sie mir zu, wenn ich ihnen sage, dass ich ein Gott war, der größte unter den kleinen, dass ich ALLES sein wollte und jetzt nur noch so wenig, nur noch ein Menschlein bin, so winzig klein und unbedeutend, genau wie sie.

»Ja, ja«, sagen sie, »ist ja schon gut. Weißt du denn nicht, dass wir Menschen das Maß aller Dinge sind. GOTT schuf uns nach SEINEM Ebenbild, gab uns die Erde und alle Wesen in unsere Hände.

»Ist ja schon gut«, sagen sie, wenn ich ihnen meine Erinnerungen, all dies hier entgegenschreie. Dann stellen sie mich mit Spritzen still.

Doch in meinen Träumen erinnere ich mich. Bilder fliegen mir dann zu und Klänge.

Und wenn ich wach bin, erinnere ich mich, was ich einst dort oben tat.

Und langsam verstehe ich.

Vielleicht werde ich es nach Tausenden von Erdenjahren und zahlreichen Wiedergeburten wirklich bereuen.

Dann werde ich Buddha sein und lächelnd und weinend über all das Leid aller Wesen auf allen Welten diese Welt endgültig hinter mir lassen.

Ein letzter Tanz und ewiger Kampf

Als es geschah, tanzte ich, tanzte ich mit und unter zahlreichen Frauen auf dem großen Bergfest an der Buchhändlerschule in Seckbach.

Oh nein, dachte ich, nicht jetzt! Ich kann doch nichts tun! Nichts! Nein!

Doch ES kam, trat aus einer Wand, aus dem schwarzen Schatten einer Seitenwand.

Und ich sah ES.

»Legt euch alle hin!«, wollte ich rufen.

Rief ich?

Nein. Ich schrie nicht, weil ich wusste, dass es nicht helfen würde, weil ich wusste, dass SEIN Atem, SEIN Schwert, irgendetwas von IHM uns alle töten würde.

So starben wir, die Tanzenden, die Sitzenden und Redenden, so starben wir alle.

Jetzt, da ich wieder bin, was ich war, hier draußen, hier außen, doch niemals auf Erden, nun, da ich wieder weißes Licht bin, ziehe ich mein Sternenschwert, bereit zum ewigen Kampf.

Jetzt bin ich bereit für dich, das wir einst dort unten ES nannten.

Jetzt warte ich auf dich, die Schwärze, die mich und all die anderen auf Erden tödlich traf.

Licht aus Schwärze

Wie paradiesisch ist heute doch das Meer. Ein Fischerboot, ein Sonnenuntergang, wie prächtig.

Dann wird es Nacht. Lange Zeit geschieht nichts, scheint nichts zu geschehen außer dem, was immer geschieht.

Dann taucht ES aus der Unterwelt auf.

DU hebst dein leuchtendes Haupt aus tiefsten Tiefen empor. Dunkel geboren schreist DU mit tausendfacher Stimme DEINE Lebenslust hinaus - dort oben an den Grenzen von Meer und dem Licht der Vollen Mondin und der Sterne.

DEIN Atem ist Sturm.

DEINE Worte donnern in den Ohren der fliehenden Menschenschiffe.

DU öffnest deinen Mund ein zweites Mal: Schwärme von schwarzen Fischen gleiten lautlos hinfort über die Brandung, die deinen Körper umspült.

DU öffnest deine Augen: Träume brechen hervor, die Jahrmillionen in dir schliefen. Welch seltsame Wesen doch in ihnen leben! Sie folgen schwebend den Fliegenden Fischen.

Menschen sehen empor mit offenen Mündern. »Alb, Alb, Alb!«, schreien ihre Ängste in ihnen. Denn darin sind sie alle zum Leben wiedererwacht, die für Menschen so alten und für DICH so lächerlich jungen Wesen: Drache, Einhorn, Pegasus, Phönix, Sphinx, Zentaur und all die anderen.

Nun aber öffnet sich DEIN Drittes Auge im Zentrum DEINER Stirn.

Was mag darin gefangen sein? Was kommt zuletzt hervor?

Es ist DEIN anderes ICH, das aussieht wie ein Menschenmann. Er schreitet dahin im Nichts der scheinbaren Leere Luft. Auch er hat DEINE Körperhülle verlassen und fällt nun leer in die Tiefe der See zurück.

Dann schreitet er jesusgleich über das Wasser, dessen Wellen sich glätten. So geht er fernen Ufern zu, die ihn rufen.

Jetzt aber legt er sich zur Ruh, treibt auf dem Rücken liegend und den Himmel lächelnd betrachtend schließlich an Land.

Dieser Mensch, ein Teil von DIR, wird dort leben, wo DU nicht existieren kannst - an Land.

Das Loch in der Hand

Dort sitzt sie vor dir, die Frau deiner Träume, sie, die Frau deines Lebens, die du einst in deiner Jugend jahrelang so sehnsüchtig gesucht, aber nie gefunden hast. Jetzt, da du schon lange nicht mehr suchst, jetzt, heute und hier sitzt sie da vor dir.

Wie kann das sein?

Wer suchet, der findet nicht!?

Das alles fragst du dich und bist zugleich ziemlich weggetreten. Doch das Leben ist ja voller Überraschungen.

Dann streckt sie ihre linke Hand nach vorne aus, hält sie dir mit dem Handrücken nach oben entgegen.

Und du? Du denkst noch, Mensch, was soll denn das bedeuten? Will die etwa einen Handkuss von mir? So was aber auch! Aber bitte, ich tue alles für sie. Also gehst du zu ihr rüber. Du bückst dich zu ihrer Linken hin.

Sie hebt sie an.

Da schaust du nun die Innenfläche. Dort im Zentrum ist ein kleines schwarzes Loch. Ein Geschoss, denkst du, schlug da wohl durch oder war es gar ein Laserstrahl? Glatter Durchschuss, nirgendwo Blut, wie seltsam!

Deine Augen werden angezogen, dein Kopf folgt willig. Näher und näher, immer näher kommst du ihr und ihrer linken Hand. Jetzt siehst du auch, kurzer Blick nach oben, ihr lächelndes Gesicht.

Sie schaut hinab und hört da nur noch leise einen zitternden Schrei.

Du fühlst dich angesaugt, versuchst noch zu fliehen, dich umzudrehen.

Das aber schaffst du nicht.

Also springst du empor.

Du versuchst es, schaffst es sogar, doch mitten im

Sprung wirst du winzig klein, fällst hinab in die Nacht dieses schwarzen Loches ihrer linken Hand.

Während du noch immer schreiend rasend fällst, siehst du ein Funkeln, dann ein stilles Leuchten.

Sterne, denkst du, die Sterne und das All.

Jetzt schreist du nicht mehr, nie mehr, sondern beginnst ihr Lächeln zu verstehen:

Sie trägt diesen Kosmos, in dem du jetzt weilst, in sich.

Sie ist das Wesen, das du schon immer suchtest.

Sie ist die Frau deiner Träume.

Sie träumt Welten.

Glücklich beginnst auch du zu träumen. Du träumst deinen kleinen Menschentraum in ihren großen Träumen. Du weißt, dass auch sie begonnen hat, ihren Traum in deinen Träumen zu träumen.

Und du weißt, dass sie und du, wie alles andere auch, in SEINEM großen Traum existiert, das irgendwo, nirgendwo und überall ohne Ende alle Welten und Dinge und Wesen träumt, ES, das viele Namen an vielen Orten und Zeiten trägt. Nur *einer* von SEINEN unzähligen Namen lautet GOTT.

So träumen wir alle unsere Träume, die wir selbst nur Träume in Träumen von anderen sind.

Machet das Land urbar!

»Machet das Land urbar und mehret euch!«, sang etwas in IHM in SEINER Sprache, sang ES mit tiefer Stimme mit.

Gewaltig war der Chor, der alles einstürzen ließt: Häuser, Gehöfte, Dörfer und Städte der Menschen.

Denn in einem SEINER Träume hatte eine Stimme IHM verkündet: »Diese Welt gehört dir.«

»Welch weites urbares Land!«, sang ES, das in Ruinen wohnt.

So starben die Menschheit und viele Pflanzen und Tiere aus, und ES begann sich zu vermehren. Am Anfang war ES noch allein, dann gebar ES SEINE Kinder aus sich selbst.

Und SEINE Kinder verstreuten sich über die eine Welt, SEINE Welt, die einst den Menschennamen *Erde* trug.

Dann sahen ES und SEINE Kinder auf zu den Sternen und erhoben sich, um IHRE Art zu verbreiten, so, wie es alle Wesen tun.

Das Monster im Schrank

Der kleine Oliver schläft. Zweieinhalb Jahre ist er jetzt schon.

Dunkel ist's im Zimmer.

Draußen scheint die Volle Mondin.

Drinnen steht ein großes Bett, in dem Oliver liegt und schläft.

Da öffnet sich lautlos die Schranktür. Etwas kommt heraus.

Er erwacht. Dort, der dunkle Schatten im Mondinlicht! Still sein! Den Atem anhalten! Decke über den Kopf: nicht sehen, nicht gesehen werden.

Doch ES hebt die Decke erst etwas an, reißt sie dann mit einem Ruck heraus, über den Gitterrand des Bettes.

Wie in den Monstergeschichten von Papa, denkt Oliver, springt auf und brüllt ES an, schreit ES in Grund und Boden.

SEINE Trommelfelle platzen. Entsetzt schreckt ES zurück, taumelt, kriecht mit blutendem Kopf in den Schrank zurück und wurde von da an nie mehr gesehen.

Die Nacht der Nächte

Dort stand ES aufrecht in der Nacht. ES war wie die Schwärze des Alls, einem Menschen ähnlich an Gestalt und doch nur Schwärze.

Zunächst hatten sie ES gar nicht wahrgenommen, vielleicht weil ES keinen Laut von sich gab, sicherlich aber, weil sie sich gerade umarmten und leidenschaftlich küssten.

Dort stand ES bewegungslos, nicht allzu fern auf einem Hügel unter dem Licht der Vollen Mondin.

Er sah ES als erster. ES wartet, fiel ihm ein. Worauf?

Dann hob ES das leuchtende Schwert.

Seine Freundin in seinen Armen wollte schreien, doch der Schrei blieb ungeschrien. Nur ein Stottern: »Was ... was?«

Ein schöner Tod, dachte er, wie im Märchen, in einer klaren warmen Sommernacht hier draußen unter den Sternen, zusammen mit ihr, wie romantisch! Gemeinsam sterben wir hier im schönsten Augenblick unseres Lebens. Gemeinsam leben wir im Jenseits weiter bis in alle Ewigkeit. Ja.

Längst hatte sie die Augen geschlossen und sich dicht an ihn geschmiegt.

Er aber sah voller Faszination SEIN strahlendes Schwert an. ES muss ein Engel sein. Gebannt vom Mondinlicht auf glänzendem Metall zog er sie noch dichter an sein Herz. Dieses Leuchten schien auf der spiegelnden Fläche der Klinge zu tanzen. Es flackerte, flimmerte jetzt in seinen Augen.

Dann glitt ES auf die Liebenden zu, durch die Luft, wie eine Wolke.

Und eine schwarze Wolke legte sich über sie.

Welch schöner Tod!, waren seine letzten Gedanken. Er

hatte keine Angst und war nur noch von *einem* Wunsch besessen, voll der Sehnsucht, wie das Ende sein würde, ob etwas danach käme - und wenn ja, wie es wohl sein würde.

Auch sie hielt ihn mit ihren Armen umschlungen.

Würde sie es noch begreifen, was geschah, im letzten Augenblick begreifen, wer weiß?, fragte er sich.

Leise flog etwas durch die Luft, ein Sirren drang aus der Wolke in die dunkle, nein, von Mondin und Sternen leicht erhellte Nacht. Sonst war da zu dieser Zeit an diesem Ort nur Stille. So musste es sein.

Zwei Köpfe fielen ins Gras.

Ihnen folgten zwei sprudelnde Körper, als sich die Schwärze trunken von ihrem Blut erhob und ihre schreienden Seelen mit sich nahm.

Namen

Du tust es.

Du kennst seinen Namen und sprichst ihn aus.

Also wird *er*, der Schwärze in Schwärze ist, den kein Mensch jemals schauen kann, es sei denn, *er* will es so, jetzt sichtbar vor deinem göttlichen Auge. Lichterloh brennt er jetzt hier vor dir in rotem Feuer.

Welch Knistern und Rauschen und Schreien in deinen Ohren!

Für kurze Zeit.

Denn schon formt sich neu aus Flammengesang ein anderes Wort.

Du hörst es in dir flüstern und bist doch machtlos.

Auch er kennt deinen Namen und spricht ihn jetzt aus.

Und du, der du Licht bist in der Finsternis, erstarrst zu Eis.

Und so bleibt es nicht für die Ewigkeit, doch für lange Zeit. Sprachlos stehen sich Feuer und Eis in diesem dunkelblauen All gegenüber.

ES aber, vor dem wir alle uns verneigen, ES, das unzählige Namen trägt - einer von ihnen lautet GOTT -, ES nimmt uns in sich wahr und weint und lacht und lächelt über ihn und dich und all die anderen, über all SEINE erstarrten Engel und Dämonen mit all ihrem Imponier- und Kampfgehabe.

Denn ES ist in allem.

Denn wir alle sind SEINE Kinder, waren und sind und werden immer Teile des Ganzen, Teile von IHM sein.

Durch uns nimmt ES sich wahr.

Das ist es, weshalb ALL-EINS zu VIELEM wurde und VIELES wieder zu EINEM wird - immer und immer wieder - allüberall.

Nur ein Traum!?

»Weißt du, es ist nur ein Traum!«, spricht eine Stimme in dir: »Alles ist nur ein Traum!«

Also reibst du dir den Schlaf aus den Augen, lauschst und wunderst dich zugleich darüber, dass dir da eine Stimme im Morgentraum etwas von Träumen erzählt.

»*Alles* ist ein *Traum*!«, spricht wieder *diese eine* Stimme.

Jetzt aber hörst du sie mit deinen Ohren.

Ist sie jetzt dort draußen, nicht mehr in mir? Hat sie mich verlassen?

Von allen Seiten schallen und hallen ihre Worte jetzt auf dich ein: »Alles ist nur ein Traum!« »Alles ist nur ein Traum!« »Alles ist nur ein Traum!«

Sie klingt so traurig, fällt dir auf, so traurig. Verwundert stehst du aus deinem Bett auf.

Und dort steht ES vor dir im Küchentürrahmen. ES ist Schimmern und Wechsel von Farbe und Gesang: schwarz und rot und grün und gelb und blau und weiß, ein tiefes Dröhnen und helle zarte Vogelstimmen - alles zugleich.

Du schaust ES an.

ES nickt dir zu.

Und du drehst dich im Kreis, streckst deine Arme mit fragendem Blick aus. In deinen Gedanken dehnt sich der Weltkreis aus. So meinst du mit jeder Drehung und jedem Verharren und Warten auf Antwort eine größere Welt. Zunächst deine kleine Wohnung, dann dein Land - die Heimat deiner Sprache, dann die Erde und schließlich das All.

ES nickt bei jeder Umdrehung.

Also alle Räume und alle Zeiten?, denkst du.

Und wieder nickt ES.

Jetzt endlich zeigst du auf dich.

ES nickt.

Und DU?, denkst du IHM zu.

Nichts nickt jetzt mehr, denn dort ist nur noch Leere, die wächst und alles verschlingt, verschlungen hat, verschlingen wird: ES, dich, deine Wohnung, dein Land, die Erde, das All.

Nichts bleibt.

Realität und Traum

Du sagst: »Dies ist real, nur dies. Schau dich um! Ich, du, er, sie, es, wir. Das alles ist real. Dies ist unsere sterbende Welt. Und wir sind die, die sie töten. Alles geschieht durch unsere Hände. Und unsere Hände gehorchen unserem Geist. Träume sind Schäume. Komm zurück! Stell dich den Anforderungen des Lebens. Komm zurück! Tauche auf in die Wirklichkeit!«

Kernkraftwerke neben uns, die sind real! Atomwaffen, noch und noch, die sind real! Wirklich ist der unsichtbare Strahlenhauch, der dich erfasst und der dich fällt, früher oder später, so oder so.

Aber es könnte doch sein ... nein! Doch, es ist so. Alles ist ein Traum. Unsere Träume sind wie wir. Denn wir und unsere Welt sind Teile eines gigantischen Traumes.

Irgendwo und irgendwann, nein, überall liegt ES in SEINEN Träumen. Und ES träumt die Welten, träumt die Kosmen, träumt auch unsere Welt, träumt dich und mich, lässt unseren Kosmos vom Urknall an ins Endlose expandieren oder auch wieder kontrahieren, also oszillieren, lässt es wachsen und schrumpfen, lässt es werden und vergehen. Dieses Universum und all die anderen im Multiversum auch.

»Was ist ES? Wo ist ES?«, fragst du nun zitternd, dann begreifst du so wie ich begriff, die wir beide Wesen in SEINEN Träumen sind.

Doch wovor hast du Angst?

Ist es so schlimm, »nur« ein Traum zu sein?

Es gibt doch so schöne Träume!

ES ist außerhalb und zugleich in uns Menschen, den Tieren, den Pflanzen, in den Steinen und Sternen.

ES ist die Leere zwischen den Planeten und Sonnen, die Leere zwischen den Atomen, die Leere von Kern zu

Kern und die Leere in uns.

GOTT nennen viele ES.

Und wenn ER / SIE / ES den Traum einer berstenden Welt Erde träumt, zerbirst die Erde. Und niemand und nichts kann dann daran etwas ändern.

Ist also alles Zwang und nirgendwo freier Wille? Ist alles dort oben, außen, innen, unten beschlossen?

Ich glaube - ich weiß es nicht - alles ist Zwang *und* freier Wille. Es wäre zu einfach, viel zu einfach, wenn alles nur plus oder minus, schwarz oder weiß, so oder so wäre. Wie langweilig wären die Träume, in denen alles schön geordnet einem Zeitstrom folgte und Mensch wie Tier wie Pflanze wie Stein nur Marionetten wären. Und dann ist da ja auch noch das Chaos.

Das aber hieße und heißt, wir können die Erde - und uns - vor all den Katastrophen, an denen wir die (Mit)schuld tragen, retten. Ja, wir sollten es tun, wir werden es tun!

Reise

Vorwärts, immer weiter vorwärts geht's! Nur ein Vorne ist, sonst nichts.

Doch muss da nicht auch ein Hinten sein?

Auch ein Hinteres ist, doch längst ist es gegangen, untergegangen im Schleier des Neuen.

Schwarz ist der Raum, ein Meer von Schwärze. Wenig Licht leuchtet darin - hier und da ein wenig mehr. Blauschwarz und dunkel ist das All.

Vorwärts fliegt ES, immer weiter in eine Richtung.

Verschwommen und zerflossen hinter dem Schleiern der Finsternis liegt vergessen, was war. Jetzt ist Ist. Kein War war. Wird-Sein wird sein. Noch unbekannt und unbenannt ist die Zukunft.

Hell wird ein winziger Ort im Raum, erleuchtet wird er von einem Licht, einem Licht, das ist.

Fliegend, gleitend, schwebend, segelnd bewegt ES sich fort.

ES nähert sich dem Licht und wächst. Langsam, unendlich langsam, breitet ES SEINE gewaltigen schwarzen Flügel aus, die fangen den Sonnenwind auf, lassen ES treiben, schweben, bringen ES voran. Sanft und still, mit geschlossenen Augen ruht der große schwarze Kopf in der Blase, die ihn schützt, mit dem Lächeln auf den Lippen, träumt seltsame Träume von Landschaften und Wesen, die ES nie zuvor sah, hörte, roch, tastete - wahrgenommen hat. Noch fühlt ES nicht, denkt noch nicht, will noch nichts von dem, was draußen ringsum wartet.

Und doch wird es angezogen von diesem *einen* Licht, das den Raum erleuchtet, *einem* Stern unter vielen.

So wandelt ES sich und zerbricht die schwarze Hülle. Und eine Energiegestalt schlüpft einem Schmetterling gleich aus SEINEM Kokon, bildet einen fast substanzlosen Körper aus und lauscht mit neuen Sinnen in den Raum.

Jetzt ist ES Licht und Geist, der hört, der singt, verwandelt Schwärze in Helles und Stille in Klang, rast lachend voran, zum anderen hin, dass in der Ferne leuchtet. Licht zu Licht. Hinter IHM bleibt Schwärze schlafend zurück.

Trümmerwolken, Kometen und Staub, Zwerg- und Riesenplaneten umkreisen diesen einen Stern.

Dort unten auf dem dritten Planeten wird ES landen und das tun, was ES immer schon tat: die Grundbausteine des Lebens säen und aktivieren, die Evolution starten.

Einst werden hier Menschen leben. Irgendwann werden sie aufsteigen und aus der Umlaufbahn, von der Mondin und den Planeten auf ihre Heimat hinuntersehen. Meerwasserblau wird ihnen ihre Welt von oben erscheinen, denn die Atmosphäre filtert das Sonnenlicht, denn zwei Drittel der Oberfläche bedecken Meere. Sie werden weinen beim Anblick ihres blauen Planeten Erde.

Schreie

Du lauschst mit geschlossenen Augen deinen Klängen.

Das ist Musik, *meine* Musik, singt deine Seele dir zu. So glücklich warst du schon lange nicht mehr.

Doch dann geschieht es. Du siehst sie: so viele Gesichter, schwarzweiß, wie auf einer alten Fotografie.

Aber nein, jetzt kommt ja Farbe rein. Die Lippen werden rot und röter. Doch offen sind die Münder, als wären sie zu einem Schrei erstarrt.

Aber da fehlt ja der Ton, denkst du noch lachend und hörst sie auch schon schreien.

Du näherst dich ihnen.

Es ist kein einzelner Ton, es ist ein polyphoner Chor: hier die hohen, dort die tiefen Stimmen, hell und dunkel.

Sind es denn so viele verschiedene Wesen - Individuen?

So ist es. Und jetzt bewegen sie auch ihre Münder ein wenig, wie du deutlich sehen kannst.

Und erst ihre Augen. Sie schauen dich nun endlich an.

Seltsam, denkst du, erst ein Foto in Schwarzweiß, dann Farbe, dann Ton, dann Bewegung und nun ...

Sie drehen ihre Köpfe.

Jetzt siehst du auch ihre Körper und laufenden Beine.

Sie rennen davon.

Wovor?, fragst du dich und brichst durch das Gras der Erde zu ihren Füßen.

Dein Mund hat Zähne.

Deine Zähne sind blitzende Dolche.

Dein Brüllen lässt die Erde beben.

So stürzen sie alle und fallen und schreien noch immer, jetzt, wo du sie packst mit deinen großen, großen Händen, sie alle in Stücke zerreißt und verschlingst.

Sensoren

Wir alle sind
die Facetten
SEINER Augen

Durch uns
sieht ES
die Welten

Sing ein neues Lied!

Sing ein Lied!
Lawinen stürzen
von den Bergen
Tot, tot
tot ist der Wald

Sing ein Lied!
Schreie
hüllen dich ein
Doch noch immer
singt ES tief in dir

Sing ein Lied!
ES schwebt hinfort
in diesem Schall
hinauf ins Meer der Schwärze
hinaus ins All

Sonnenkind

Es begann alles sehr sanft.

Da war kein Windhauch nirgendwo. Und doch neigten die Gräser der Steppe ihre Spitzen zur Erde. Tief, so tief lagen sie innerlich zitternd am Boden. Sie warteten. Worauf?

Dann brach die Erde mit einem Grollen auf. Und ES stürzte hervor aus den Tiefen, wo ES schlafend und träumend seit Jahrmillionen lag. ES schrie den Schrei GEBOREN und zeigte sein zuckendes Haupt. Am Himmel stand brennend der Mittagssonn.

Tief seufzte ES, sprach weinend dieses eine Wort: »VATER!« Und schleuderte einen Blitz aus Licht hinauf, der den Sonn Minuten später traf.

Dann stand ES auf, glitt wie der Wind über die liegenden Gräser dahin. Wüst und leer lag die Welt vor und unter IHM.

Und ES schrie: »Ich bin!«

So brüllte ES Feuer über die Erde. Der Sahel brannte, war ein einziges Flammenmeer.

Winzige Wesen in Metall näherten sich IHM von allen Seiten, wie Libellen schnurrten sie um SEINEN Kopf. Es knallte und blitzte immerzu.

»Würmer!«, schrie ES, denn ES kannte sowohl die echten Libellen seit alters her als auch diese künstlichen Dinger und die Wesen darin. Eiweißklumpen waren im Innern, weiches, abartiges Glibberzeug, nicht mehr.

»Würmer! *Ihr* wollt *mich* töten? *Ich* kenne *eure* Gedanken: Angst und Ekel und Hass. Ich aber bin der Zorn GOTTES. Feuer ist mein Name, den spucke ich nun aus, schreie ihn euch entgegen«

Und die Panzer und Flugzeuge begannen zu brennen und zu schmelzen. Und mit ihnen alles, was darin und ringsherum war. Afrika sank brodelnd ins Meer.

Längst waren die Raketen mit den Wasserstoffbombensprengköpfen unterwegs.

Doch ES lachte nur und schickte sie mit der Kraft SEINES Geistes dorthin zurück, woher sie kamen. Wie du mir, so dir.

So wuchs das Feuer auf Erden. Denn jetzt standen auch Eurasien und Nordamerika in Flammen.

»Betet!«, brüllte ES in allen lebendigen und toten Sprachen der Erde zugleich.

»Betet mich an!

Ich bin der Engel des HERRN, nicht dieses jämmerliche beflügelte geschlechtslose Menschenabziehbild, ich bin ES.

Ich wurde einst von IHM gesandt und wiedererweckt!

Nieder in den Staub, fresst ihn und küsst mein ewiges Feuer!

Denn ich bin der Zorn GOTTES!

Ihr aber seid nichts in meinen Augen. Ihr seid für mich, was für euch Würmer, Wanzen, Fliegen, Läuse sein mögen.

Ich zerquetsche euch, so wie es mir beliebt!«

Freund, frage mich nicht, wer ES war, wer ES ist, wer ES immer sein wird. Denn ES verbrannte auch mich. Wenn du aber diese Worte hier irgendwann und irgendwo lesen solltest, wenn es dich also gibt, dann müssen zumindest einige Menschen - auf Inseln, in Australien, Südamerika oder wo auch immer - überlebt haben. Oder aber andere Wesen, die ES aus sich schuf, halten diese Nachricht in ihren Händen - wenn sie denn Hände haben -, dann bist du also einer von ihnen. Mag auch sein, dass du sogar ein Mensch bist, einer auf einer von so vielen parallelen Welten, wohin diese Zeilen auf seltsamen Wegen als »Flaschenpost« gelangten.

Und war gar alles nur ein Dichtertraum, so mag es eine Warnung sein:

Bedenke, du bist ein Mensch!

Was für den römischen Imperator galt, gilt für uns alle.

Wir Menschen sind nicht GOTT.

Und du, der du dieses Buch in deinen Händen hältst, bist nur eins von vielen Billionen Lebewesen auf dieser »deiner« Erde.

Sprich!

»Sprich das Wort in den Wind!«

Du tust es. Denn du kennst die magischen Worte. Du hast es lange Jahre geübt. Du hast es von Kleinauf gelernt. Du bist ein Magier. Du sprichst das Wort in den Wind, du singst das eine Wort auf einer Lichtung im Wald der Vollen Mondin und den Sternen zu.

Und ES erwacht: Grollend birst Erde, schwarze Wolken, ein Donner von fern. ES schreit in die Welt den Schrei GEBOREN!

ES hat Hunger. Also legt ES sich auf die Lauer und wartet.

Dann sind die Blitze da.

ES zieht sie an.

ES fängt sie auf.

ES beginnt zu leuchten.

(So also ernährt ES sich).

Jetzt schaut ES sich um.

ES sieht dich staunend dort stehen.

ES winkt dir zu, das lächelnde Erdenkind.

ES spricht in dir: »Komm, mein Bruder, komm zu mir!«

Du tust es.

Es ist der Beginn unserer gemeinsamen Reise, die Äonen währen soll.

Tränen

ES
träumte still
unser Morgen

Und aus seinen Augen
fielen
Tränen
aus Licht

Tränen
die wir
Sterne
nennen

Der Traum

Wie blass, wie detailarm, wie oberflächlich unsere Werke doch sind!, dachte der kleine große Schriftsteller mit Namen X, denn den verraten wir hier nicht, den kennen ohnehin nur wenige. Welch armselige Oberflächengemälde versuchen wir doch mit unserer Sprache zu zeichnen!

Denn er erinnerte sich an die Farbenvielfalt der Bilder und Töne, die Gefühle in seinen Träumen, die niemals ein Mensch mit Worten beschreiben kann.

Und plötzlich war da ein Leuchten in seinen Augen. Er begriff und sah für einen Augenblick, dass es da den *einen* Traum, den Traum aller Träume gibt, den Traum, in dem alle anderen Träume gefangen sind.

Schau dich an!

Schau dich um!

Schau den Traum, den ES dort jenseits träumt!

Schau dich und die Welt.

Wir alle sind Teile dieses *einen* großen Traumes mit Namen Ewigkeit.

Traumerwachen

Irgendetwas Schreckliches sollte ich tun (»Massen-mord«, flüstert Erinnern). Irgendwo sollte ich irgendwie viele Menschen auf einen Schlag töten.

Doch ich weigerte mich.

So schlief ich bei den andern, inmitten der Gruppe ein, wo ich mich sicher fühlte. Ich schlief, durchlief die Schlafphasen und begann zu träumen.

Ein Traumerlebnis aber riss mich heraus, ließ mich auftauchen, mit einem Schock erwachen. Einem Traum entfloh ich voller Entsetzen und gelangte so wieder in die äußere, scheinbar so reale Erdenwelt.

Ich erwachte in einem SEINER Träume und wusste es nicht.

ES war gekommen, mich zu holen.

Weil ich mich geweigert hatte zu gehen?

Wer hatte ES geschickt?

Jetzt war ES hier bei mir, der ich mit dem Rücken auf harten Steinen lag, wenig bekleidet mich sonnte am Meer unter all den anderen Menschen. Hier in der Anonymität der Masse, wo ich mich als nur einer unter vielen, als Teil einer Gruppe, die die Wahrscheinlichkeit des Überlebens jedes Einzelnen erhöht, so sicher wähnte, hatte ES mich also auch gefunden.

Niemand sah ES außer mir.

Weil alle schliefen?

Ja, weil alle schliefen, träumten, ES einfach nicht wahrnehmen konnten.

Ich aber sah ES vor mir stehen, gewaltig wie es war.

Wie winzig ein Menschlein in Anbetracht SEINER Existenz doch ist.

Kaum dies gedacht, hatte ES mich schon gepackt,

schleppte mich weg, zog mich einfach so hinter sich her, warf mich schließlich über die Schulter wie einen Kartoffelsack.

Hier in dieser unserer Welt im Schlafsaal erwacht, kapierte ich langsam, was geschah, und begann nach einigen Schrecksekunden endlich um Hilfe zu schreien.

So wollte ich es, sollte es sein. Doch mein Schrei blieb in meiner Seele, meinem Hirn, meinem Mund stecken. Meine Lippen formten ihn. Aus meiner Kehle drang kein Laut. Lautlos schreiend wurde ich noch immer erbarmungslos von IHM davongeschleppt.

Denn ES war gekommen, mich zu holen.

Denn ES hatte die Tore zu dieser Welt durchstoßen.

Und ich war machtlos.

Niemand war für mich da.

Ich war allein.

Immer sind wir alle bei den wirklich wichtigen Dingen in unserem Leben allein.

Lautlos schreiend wachte ich in meinem kleinen Zimmer unter dem Dach auf. Dann beruhigte mich mein Verstand: Verarbeitung, alles nur Verarbeitung von Erlebtem und Erfahrenem tags zuvor, das sind Träume, nichts als Schäume, mehr nicht. Dies und das und Gespräche über Spinnen, dachte ich - aber vor denen habe ich doch gar keine Angst!? -, die Lektüre von ES von Stephen King, der Massenmord an den Kurden im Irak im Fernsehen, all das. Also schlief ich wieder ein, bis etwas später Radiogeplärr, mein Wecker mich wiederum weckte.

Trommeln

Die Erde bebt
unter deinen Füßen

»ES naht!«
schreien die Zwerge
und trommeln.

Du aber schaust hinab
Deine gewaltigen Beine
stampfen auf die Erde.
Ich bin ES
denkst du verwundert
Für sie
bin ich
das Monster!?

Du bist ES
du bist der
der die Menschen zertritt
die da ameisengleich
noch immer vor dir
zu fliehen versuchen

Dir
kann niemand
entkommen
Einer deiner
vielen Namen
lautet
Tod

Umarmung der anderen Art

Du erinnerst dich. Gerade eben noch warst du dort, an diesem Ort, einem großen Saal mit vielen Fenstern. Es war einer von den Sälen, wie sie einst und noch heute in Königspalästen zu finden sind. Überall waren leichte Sonnenjalousien an den Fenstern, halb offen zumeist, nirgendwo ganz geschlossen.

Es ist Abend, die Nacht bricht an. Erst jetzt bemerkst du, dass du nicht allein bist. Eine Menge Leute sind bei dir, könnten die Jungs und Mädchen vom Öko-Programm aus Idar-Oberstein sein, das du letztes Jahr betreutest. Gute Stimmung, Einkehr, Schutz vor der Kälte draußen und der Dunkelheit der Nacht gibt es hier in diesem Haus, in diesem Saal.

Brennt Licht?

Da bist du dir nicht sicher. Aber du kannst sehen, siehst die anderen hier bei dir. Also muss es hell in diesem gigantischen Saal sein, oder aber du hast jetzt Nachtaugen.

»Also Jungs und Mädchen, machen wir es uns gemütlich!«, meinst du. »Zieht die Jalousien runter!«

Keiner rührt sich.

»Auf, auf!«, rufst du. »Ich fange schon mal an.«

Auf deiner Seite des Raumes packst du an und ziehst die erste Jalousie zu. Du gehst zur nächsten.

Da rast die erste hinter deinem Rücken wieder hoch.

Du drehst dich um. Sie ist zur Hälfte unten, so war es auch zuvor.

Also auf ein Neues! Du streckst deine rechte Hand aus, willst die Jalousie ergreifen, ... da springt dich ein Schatten an, ein Schatten in Menschengröße, hängt an dir wie dein eigener Schatten.

Du schreist um Hilfe.

Der fremde Schatten aber hat deinen eigenen umarmt.

Selbst wenn sie meine Schreie hören, werden sie zu
spät kommen, denkst du. Sie können mir nicht mehr helfen. ES wird meinen Körper fressen.

Ja, schon hat ES deinen eigenen Schatten ver-
schluckt.

Oh, diese eisige Kälte, die deinen schattenlosen Körper, Geist und Seele nun umarmt.

Du schreist und hörst nicht auf zu schreien ...

Schreiend wachst du auf.

Und ES brach hervor

Über der Erde erscholl ein Klang und in den Kronen der Bäume war ein Rauschen.

Dann senkte sich in das grüne Gras aus Zeit und Raum ein eisiger Wind.

Denn die Tore standen nun weit offen.

Und die Sterne sangen still aus Schwärze.

Und ES brach durch die Pforten, die der Sänger im steinernen Kreis, die das Blut des Menschenopfers - sein Herz, sein Hirn - ihm geöffnet hatten.

Doch ES fraß nicht nur das Opfer (das nahm ES zuerst), ihm folgte der Schamane und diesem all die anderen ringsum, die noch immer in Trance da tanzten, alle, die ES gerufen hatten, in sich auf.

Dann zog ES hungrig weiter.

Und du willst wissen, was ES ist?

IHM wurde die Erde gegeben.

IHM wurde befohlen, sie den Menschen wieder wegzunehmen.

SEIN Name ist Legion.

Und ES erwacht

Alle tausend Jahre

s

    p

      r

   i

n

   g

      t

ein Stein
aus der Glätte
der Felsen

fällt hinab

Und ES
erwacht

Und ES schrie

»Geboren!«, schrie ES und stand auf in den Städten.

Hier und da, allüberall war ES, Jahrtausende übersehen, unsichtbar vielleicht oder tief in der Erde als Erde getarnt verborgen hatte ES geschlafen.

Nun aber war ES aufgetaucht, rasend schnell wuchs ES empor, allüberall, hier und da.

Brüllend flogen, fuhren, rannten die Menschen hinaus aufs Land.

Hinter ihnen brauste der Feuersturm, den sie immer wieder selbst entfachten - in ihren Kämpfen mit IHM, das sie niemals besiegen konnten.

Als Feuer folgte ES den Menschen nach.

Einem Virus gleich zog ES mit ihnen von Land zu Land.

So breitete ES sich aus.

Früher, als alles noch Namen hatte, nannten wir ES einfach nur *Wahnsinn*.

Unter dem Turm

Ich habe ES gerufen
aus den Wüsten von Kadath
den kalten eisigen Wüsten

Einst trat ich ein in den Kreis aus Stein. Still stand ich unter dem Turm, der mir zu wanken schien und sich nun krümmte, hin zu mir bog, ohne dass ein Stein fiel, ohne dass er stürzte und zusammenbrach.

So musste es sein. Die Zeit war gekommen.

Ich hob die Arme empor, meine Augen schauten ins Sternenmeer.

Ich öffnete meinen Mund und schrie die Himmel an. Dreimal rief ich das eine Wort.

Schließlich malte ich das Pentagramm und in ihm SEIN Zeichen mit dem Blut aus meiner Hand in den Sand.

ES kam wie ein Nebel, wie Wasser geflossen - von dort, von dort. ES glitt durch die Äste und Zweige, Blätter und Nadeln der Bäume wie Luft. Leise flog ES hin zur Stadt.

Dort ergriff ES sein Opfer, den Menschen, einen einzigen Menschen nur, niemals den im steinernen Kreis dort oben im Wald, der ihn gerufen hatte, sondern den, der IHM vom Magier angezeigt worden war, packte ihn, der hilflos zappelte und ungehört schrie, bis ihm die Stimme erfror, und trug ihn mit sich hinfort.

Hinter IHM schlossen sich die Tore ohne Laut.

Und so würde es bleiben, bis ES erneut gerufen wurde.

Und kein Mensch außer dem einen, der ES gerufen hatte, würde jemals erfahren, wohin und weshalb einer unter ihnen so plötzlich über Nacht verschwunden war.

Viele Menschen verschwinden spurlos auf dieser, unserer? Erde.

Wer nimmt sie mit, wohin?

Verbunden

ES blickt auf - aus blinden Augen.

Also schaut ES nicht, sondern riecht und tastet in den Raum mit all SEINEN Sinnen.

Schwärze ist ES - im weißen Sand. So lauscht ES aus dem Dunkel - in funkelndes Licht.

Gedanken fallen durch Raum und Zeit, schweben träumend in all den vielen Dimensionen.

ES fühlt mich hier stehen und gehen.

Ich sehe ES. Ich schaue ES tief in mir. Dort höre ich ES summend singen, brummen und zwitschern, lachen und weinen und Worte in all den Sprachen sagen, die schon lange, die noch nie ein menschliches Ohr vernahm.

WIR sind verbunden - irgendwie, irgendwo und irgendwann - einmal und immer wieder - für alle Zeit in Ewigkeit.

Was?

»Was? Was geschieht? Sag es, was geschieht mit mir?«

Das Schlafende erwacht.

ES steht auf aus SEINEN Träumen.

Der Schläfer wälzt sich im Traum.

Dort!

Jetzt liegt er still auf dem Rücken.

Ich kenne ihn doch.

Oh, noch nie sah ich mich im Schlaf unter mir.

Das Zentrum meiner Stirn, dort zwischen den Augen, beginnt blauweiß zu leuchten, als wäre es ein Zeichen für Gefahr, denn etwas - naht ...

Denn ES ist auferstanden aus SEINEN Äonen währenden Träumen.

Das Schlafende ist erwacht.

Was ist geschehen?

Ein Refrain singt da in deinen Ohren:

»Was ist geschehen? Ist geschehen? Geschehen? Geschehen?«

»Was ist geschehen? Ist geschehen? Geschehen? Geschehen?«

»Was ist geschehen? Ist geschehen? Geschehen? Geschehen?«

Immer und immer wieder.

Du schaust geradeaus, geradeaus ins Nichts.

Zeit vergeht, deine Zeit.

Zeit ist vergangen. Doch noch immer schwirrt da der Refrain in deinem Bewusstsein, Unbewusstsein, in deinem Geist, in deiner Seele herum.

Weinend stotterst du: »Was ... was ... was ist denn nun geschehen?«

Da flüstert eine innere Stimme dir zu: »Der Traum im Traum im Traum!«

Von fern ertönt ein Summen: »Träume weiter, kleiner Träumer, träume weiter und gib Ruh!«

Alles verklingt.

Meine Träume sind gegangen!, denkst du und schreist: »Wo sind meine Träume? Wer hat sie mir genommen? Ich will meine Träume wiederhaben!«

Erinnern: Sah ihn entschweben in dieser Nacht der Nächte, es war mein letzter Traum. »Halt!«, schrie ich noch. Dann waren da nur noch Weinen, Stottern, Fragen und Schrei. Und wieder flüstert diese Stimme: »Verlor ein Traumwesen seine Träume, macht das was? Was macht das schon?«

Und auch einem anderen Träumer entschwebt sein letzter Traum. Es ist der Traum von einem Menschen, der seine Träume verliert und darüber verzweifelt. Also beendet er diesen Traum, das ist Erlösung, kein Gnadenbrot, doch Gnadentod.

So beginnst du dich nun aufzulösen, so sanft, so still! Alles zerfließt, und nichts bleibt zurück von dir.

Irgendwann erwacht der große Träumer / die Träumerin / das Träumende aus SEINEM all-umfassenden Traum, ES, das alle Kosmen sich erträumt.
So endet alles.
Nichts bleibt.
Und alles kommt wieder.

Was passiert mit mir?

Ich brenne! (So plötzlich, so überraschend! Und nichts und niemand wird dich retten!)

Überall sind Flammen, Feuer ringsum! Es ... es ... es ... hat mich nun ergriffen. Ich brenne. Keine Schmerzen! Keine Hitze! (Alles, was du »besitzt«, wird Asche sein. Nichts bleibt! Das ist der Tod!)

Was ist geschehen? Was passiert mit mir?

Noch immer stehe ich in Flammen.

Mein Gott, etwas nähert sich. Da dröhnt doch der Boden unter meinen Füßen! Welcher Boden? Du siehst nach unten.

Da ist nichts!

Etwas kommt, mich zu holen. Etwas ...Es ... ES rast über die Savanne heran. ES ist ein Feuerdämon.

ES schwebt über der Ebene dahin und alles, was SEINE Flammen verzehren - Bakterien, Pilze, Pflanzen, Tiere - die Herden versuchen zu fliehen, deshalb also - nicht wegen IHM - dröhnt die Erde - und Menschen -, frisst auch ES, denn Flammen und ES sind eins.

Und ich, der ich schmerzlos brenne und über allem nun schwebe, genauso wie ES, doch bewegungslos, was ist mit mir geschehen?

Hat ES mich verzehrt?

Bin auch ich nun ein Teil von IHM geworden?

Und zugleich noch immer Mensch - Person, nicht in IHM aufgegangen?

Oder aber ...

Oh, jetzt verstehe ich alles.

ES kam nicht von nirgendwo, von irgendwo dort draußen in der Ferne. ES kam gar nicht auf mich zu. Kreise zieht ES um mich herum.

ES brach aus mir.

Ich bin *ES* und die Körper all derer, die ES jemals zu sich nahm!

Weckt nicht den Träumer!

ES steht auf aus SEINEM Schlaf.

ES reibt sich nicht die Augen, denn ES hat keine Augen. Doch öffnet ES seinen Geist.

ES erinnert sich. ES lächelt. ES vergisst niemals.

ES lässt SEINEN Geist wieder ruhen und beginnt einen neuen Traum zu träumen.

Gerade aufgestanden an diesem sonnigen Morgen wankte ich noch müde aus meinem Dachzimmer die Treppe im Flur hinab.

Da sah ich die Treppenstufen flimmern, lautlos lösten sie sich auf. Ich sah die Wände ins Nichts zerfließen.

Sah hinab an mir: Meine Füße, meine Beine, meine Hände, meine Arme lösten sich auf.

Alles ringsum wurde durchsichtig und klar: die Wände der Häuser verschwanden. Wo einst die Stadt lag, blieb Leere zurück.

Die Erde begann flimmernd zu verschwimmen. Blaues Licht lag über einer vergehenden Welt. Alles ging zu Ende.

Noch konnte ich denken.

Also dachte ich: Irgendwer oder irgendwas hat das Träumende geweckt, aus seinen Träumen aufgeweckt.

Oder aber ES war einfach so aus sich heraus nach Äonen erwacht, die wir Jahrmilliarden nennen.

Und ES, was immer ES ist, wo auch immer ES liegt, nennen wir ES GOTT oder einfach nur ES, ES hatte begonnen, einen neuen, einen anderen Traum zu träumen, in dem kein Platz für Menschen, Planeten, Sonnen ist.

Nun geht alles zu Ende. Mein Denken erlischt. Mein Geist, meine Seele, alles zerfließt in weißes Licht, ins Nichts.

»Was ich noch sagen wollte ...«

(Nichts mehr! Kein Satz, kein Wort! Nichts mehr!)

»Was ist mit dir? Warum redest du nicht weiter?«

(Es ... alles ... ist weg! Es ist, als ob ... irgendwer - wer oder was? - mir etwas einflüsterte. Ich denke es nicht, was ich sage. Es kommt nicht aus mir, kommt von irgendwoher.)

»Mensch, das ist ein Schizo! Völlig plemplem! Armes beklopptes Schwein!«

»Du kennst Geschichten, kannst Geschichten dichten? Das alles fällt dir einfach so ein?«

»Ja, manchmal fallen mir Dinge ein - und Wesen. (Ach, ich kann ja wieder sprechen.) Und auch Menschen träume ich mir, manchmal. Siehst du, das ist es!«

»Was?«

»Träume, Geschichten, irgendwo werden sie gedacht. Irgendwer, irgendetwas denkt sie irgendwann. So ist es! Und dieses Wesen da oben träumt unsere Welt und dich und mich und alle Worte, die ich sagte / sage / sagen werde: gestern, heute, morgen - jetzt.

»Und wenn es so wäre - nein, es kann nicht sein! - wenn es so wäre, kämen wir doch hier niemals raus?«

»So ist es. Wenn ES es nicht will, niemals! Wenn ES es will, vielleicht oder auch nicht, wer weiß. Denn auch ES mag nur ein kleines unbedeutendes Wesen in SEINER Welt dort oben sein und nicht allmächtig, sonst wäre es ja GOTT. Was können wir denn schon von SEINER Welt wissen, falls es die überhaupt dort oben / unten / außen / innen/ im Jenseits gibt?

Die meisten von uns ahnen nichts davon, dass es so ist.

Und die es wissen, versuchen es nicht.

Und die es versuchen, scheitern.

Vielleicht, ja, das ist die große Hoffnung, eines tages werden wir diese Welt verlassen.

Du und ich und alle anderen auch, am Tage unseres Todes. Dann ...«

EPILOG - ES und ER dort oben

Und kein Mensch erinnert sich mehr.

»Woran?«, fragst du.

»Wieso? Wirklich niemand? Du lügst, denn du weißt ja Bescheid, du willst ja davon sprechen, das sehe ich dir doch an.«

Ja, lang ist's her, als es geschah. Niemand schrieb es auf, denn damals gab es noch keine Schrift.

»Auch nicht die Erzähler: die Schamanen der Jägerkulturen und die Märchenerzähler späterer Zeiten?«

Ja, es waren Menschen dabei, als es geschah. Es gab einige wenige von uns, die SEINE Geburt sahen. Doch die sind wie alle anderen damals lebenden Menschen seit Jahrtausenden tot. Heute scheint es keine Rolle mehr zu spielen, wie sie damals lebten und was sie erlebten. Doch es gab einen Unterschied. Oh ja, damals starben einige von uns Menschen sehr früh. Und sie schrien, mein Gott, wie sie damals schrien, bevor sie der gnädige Gevatter zu sich nahm!

Denn ES holte sie alle, bei Nacht, alle, die SEINE Geburt sahen, nahm ES fort. ES liebte keine Zeugen SEINER Schwäche. Und am Anfang sind alle Wesen klein und schwach. Deshalb holte ES sie. Vielleicht aber hatte ES einfach nur Hunger, wer weiß. ES konnte es nicht, ES kann es nicht, ES kann nicht lieben. Aber ES hatte sie damals doch sehr gern, zum Fressen gern!

ES stand auf aus SEINEM Jahrmillionen währenden Schlaf. ES stand auf aus SEINEM steinernen Grab.

Also brachen die Siegel.

Denn »das ist nicht tot, was ewig liegt«. H. P. Lovecraft sah ES und die anderen ALTEN in seinen Träumen, und in ihm murmelten unaufhörlich die Worte: »Das ist nicht tot, was ewig liegt«.

Er wusste, dass SIE alle, das ist ES und ES und ES, wiederkommen würden, befreit aus ihren Kerkern, in welchen Orten, Zeiten und Dimensionen sie auch gefangen sein mochten.

Also ist ES doch nicht vergessen? Wie kann das aber sein, wo es doch keine Zeugen gab? Oder geschah es niemals, ist alles nur Traum, Illusion und Dichtergespinst, die ja bekanntlich lügen?

Nun, da ich diese Zeilen schreibe und nicht weiß, ob sie je deine Augen, deinen Geist, deine Seele erreichen, nun, da ich hier in einer kleinen Höhle sitze, bei flackerndem Feuer aus Fledermausdung, halte ich seltsamerweise Kugelschreiber und Papier in meinen Händen. Worte, Sätze stehen da auf weißen Bögen geschrieben. Seltsam, dachte ich doch, sie lebten in einer Computerdatei eines Textprogramms mit dem Titel *ES*, wären abgespeichert auf der Festplatte in so 'ner alten PC-Mühle. Aber nun halte ich sie hier auf Papier vor mir am flackernden Feuer, dem Licht, vor dem sich die schwarzen Wesen der Nacht so sehr fürchten. Hier sitze ich nun von Schwärze umlauert am Höhleneingang. Hinter mir scheint sich die Höhle in schwarze Finsternis endlos fortzusetzen. Einen Gedanken schreibe ich auf und führe ihn in mutigen Sätzen fort, wie tollkühn er doch ist in Anbetracht meiner zerbrechlichen Winzigkeit als Mensch so ganz allein hier an diesem einen Ort: Warum nicht eine Fackel nehmen und den Weg in die Tiefe der Berge beschreiten? Es könnte mein Weg sein, mein Leuchtender Pfad vielleicht, der mich in höchste Berge führt, zu den buddhistischen Mönchen, zu dem Kloster aller Klöster, in dem doch nicht Der Alte vom Berg lebt*.

Nein, heute nicht, vielleicht ein andermal oder auch nie.

Jetzt sitze ich erst einmal hier in der Nacht und lese noch einmal meine Gedanken von Anfang an. Ja, in den letzten 30 Jahren fing ich sie ein, viele erst vor kurzem, also scheint sich doch alles einem Höhepunkt zu nähern. Tausende von Gedichten und Kurzgeschichten schrieb ich nieder, in wenigen nur tauchte ES auf. Irgendwann dann suchte ich diese ES-Texte heraus, stellte sie thematisch zusammen, und siehe da, viele waren es nicht, aber immerhin hier sind sie alle nun auf diesen Seiten versammelt. Jetzt lese ich noch einmal meine gestrigen Gedanken, die vom Morgen, von anderen Welten sprechen, jetzt und hier, denn nur der Augenblick zählt, während draußen die Nacht voller Stimmen ist.

Irgendetwas muss vor einem Augenblick dort draußen geschehen sein. Denn dort herrscht nun Schweigen.

Aha, all diese Dinge soll ich mir nur erträumt haben, meinst du, der du vielleicht diese Zeilen einmal in den Händen halten wirst? Warum sitze ich dann hier wohl im Schutz von Höhle und Feuer allein in der Kälte der Nacht? Weil ich ein erbärmlicher Feigling bin?

Oder bin auch ich nur ein Traum? Irgendwer, der mir ähnlich sein mag oder auch nicht, irgendwer mag *mein* »Gott« sein, der mich erträumt und so erschaffen hat. Also bin ich *sein* Sohn, und was er denkt, das muss ich tun. Also bin ich *sein* Sklave!?

Träumte er eine Höhle in den Bergen, Nacht und Dunkel und Grillenzirpen von der Wiese davor, im vollen Mondlicht?

Träumt er gerade Sommer und Nacht, so träumt er auch ES, das da draußen wandelt, wieder aus der Erde auferstanden oder von den Sternen dieses einen Alls oder gar aus anderen Dimensionen zurückgekehrt ist?

Und wenn es so wäre, hat er ES tatsächlich nach

draußen geträumt oder nach innen hinterrücks ins Höhlenlabyrinth, weil hier mein Leben sein Ende finden soll?

Wenn *er* ist wie ich, wenn *ich* sein Sohn bin, und er mir Vater und Mutter zugleich ist, wenn er mich liebt, dann werde ich überleben. Dann könnte es sein, dass er gar nicht ES und SEIN Erwachen erträumte, dass er es einfach gut mit mir meint und mich eine romantische Nacht in der Natur erleben lässt, hier im Schutz meiner Höhle, während die Räuber dort draußen im Dunkeln jagen.

Doch auch andere Götter könnten in seiner Welt leben und sein wie er, die andere Dinge träumen, nicht mich, nicht die Höhle, nicht die Wiese, nicht die Grillen, doch ES und andere Wesen und Dinge.

Was aber geschähe dann?

Sind wir beide, ich und ES dann Sklaven zweier Herren (oder von Herr und Dame) oder aber sind wir frei?

Kämpfen auch dort oben die Götter gegeneinander, während wir hier unten uns bekriegen?

Ist alles oben wie unten und unten wie oben?

Was denke ich nur! Was für wahnsinnige Gedanken sind das? Wo kommen sie nur her? Wie kann ich wissen, was in anderen Welten passiert?

Niemals könnte ich es beweisen. Nie! Und dennoch, ich habe all dies gedacht, was soll ich nun tun?

Ich falle auf die Knie, »Vater!«, singe ich in die Schwärze des Höhleninnern und auch der Nacht dort draußen zu.

»Vater!«, rufe ich, wie es einer einst am Kreuze und andere vor ihm und nach ihm noch taten.

»Vater!«, murmele ich ein drittes Mal, »rette mich!«

Doch die Nacht schweigt, noch immer ist alles so still dort draußen. Ich weiß, warum: ES hat mich längst gewittert, jetzt hat ES mich auch noch klar und laut vernommen. ES naht meinem Versteck.

Sein Vater / *seine* Mutter, *das bin ich hier oben, hier bei dir, in deiner Welt, der du gerade dieses Buch in Händen hältst. Olaf ist mein Name, wie sollte er auch sonst anders lauten. Und nun frage ich dich, ja dich, liebe(r) LeserIn: Was soll mit dem Menschen dort unten in der Höhle geschehen? Was soll ich mit ihm tun? Ist etwa Manfred sein Name? Ist er ein mächtiger Magier, der die tollsten Abenteuer erlebt und sich in viele Wesen verwandelt, nicht nur, wie das Magier so tun, nein, sich auch zu mehr als einem Magier, zu einem Weisen und Erleuchteten entwickelt, der sterben muss und dennoch ewig lebt?**

Nein, er heißt Olaf, genau wie ich. Zufälle gibt's, haha!

Nun, schaue ich wieder hinab, hinein in die Zeilen und zwischen die Zeilen, sehe, was er tut.

Mein Gott, er kniet vor dem Feuer. Einmal kniet er in Richtung Höhleninneres, dann zum Ausgang, zur Wiese hin und schließlich schauen seine Augen empor zum flackernd beleuchteten Felsdach und weiter noch - hindurch. Er schaut mich weinend an.

Er sieht mich nicht, aber ich sehe ihn und seine Tränen.

Er betet mich an, »Vater!«, schreit er dreimal, »rette mich!«

Worte fallen mir ein, einem Film meiner Welt entsprungen, die vielleicht in anderer Sprache einst gesprochen wurden, so oder so ähnlich, einst in Rom: »Beden-

---

*: Manfred der Magier in den PFAD-Welten: *Der Leuchtende Pfad des Magiers* und den Folgebänden ke, du bist ein Mensch!«, sprach der Weise zum Kaiser des großen Reiches, damit er sich nicht wie ein Gott fühlen sollte.

Und ich, was bin ich?

Ein kleiner Mensch in meiner Welt und Gott zugleich in Manfreds Welt?

Was soll ich tun? Was muss ich tun? Habe ich ihn nicht erschaffen nach meinem Ebenbilde?

Ach, ich bin ein kleiner Gott, ein schwacher Gott, ein liebender Gott, einem Buddha ähnlich.

So fließen auch Tränen aus meinen »göttlichen« Augen.

Und ich hier oben und er dort unten, auch einer über mir?, wir alle weinen über das Leid aller Wesen in allen Welten.

Von Olaf Olsen sind erschienen

Die Meere des Wahnsinns. Wenn sich die Grenzen verschieben. Original: 72 Seiten mit 23 Abb. von Dr. Rainar Nitzsche, ISBN 978-3-930304-30-1 sowie E-Book und TB.

Höllen-Fahrten-Leben-Träume. Alltäglicher und wahrer Horror auf Erden und andernorts. Original: 156 Seiten mit 51 Abb. von Dr. Rainar Nitzsche, ISBN 978-3-930304-31-8 sowie E-Book und TB.

ES bricht hervor aus dir. Horrorgeschichten und -gedichte. Das dritte Buch vom „Irren" aus der P(f)alz. Original: 102 Seiten mit 42 Fotokunstwerken von Rainar Nitzsche, ISBN 978-3-930304-49-3 sowie E-Book und TB.

Fantastik und Fantasy von Rainar Nitzsche

Fantastische Kurzprosa

Ruf der Mondin. Lieder der Nacht. 62 Seiten, ISBN 9783980210256 sowie als E-Book erhältlich.

Im Licht der Vollen Mondin. 132 Seiten, ISBN 9783930304042 sowie als E-Book erhältlich.

Mondin-Schein und Sein. 176 Seiten, 50 handsignierte, nummerierte Exemplare, ISBN 9783930304127 sowie als E-Book erhältlich.

ATON Vater Sonn. Taggeschichten. 184 Seiten, 50 handsignierte, nummerierte Exemplare, ISBN 9783930304097 sowie als E-Book erhältlich.

Spiegelwelten deiner Seele. Spiegelgeschichten. 125 Seiten, 2. überarbeitete Auflage ISBN 9783741252006 sowie als E-Book erhältlich. 1. Auflage: 50 handsignierte, nummerierte Exemplare, ISBN 9783930304271.

Still riefen uns die Sterne. Kosmische Geschichten, 164 Seiten, 50 handsignierte, nummerierte und weitere Exemplare, ISBN 9783930304295 sowie als E-Book erhältlich.

Von Engeln, Erleuchtung und Ewigkeit. Meditative Kurzprosa. 3. überarbeitete Auflage, 149 Seiten, ISBN 9783741266621 und E-Book. Rainar Nitzsche / Harald Fuchs, 2. Auflage, 144 Seiten, ISBN 9783930304783.

Das Schlafende steht auf aus Seinen Träumen. Fantastische Kurzprosa. 204 Seiten, ISBN 9783930304776 sowie E-Book und TB.

Spinnentraumgespinste. Spinnenträume und Spinnenbegegnungen. 2. überarbeitete Auflage. 164 Seiten, ISBN 9783930304707.

Die Pfadwelten

Die fantastische Reise von Manfred, einem Magier mit der Fähigkeit sich in andere Lebewesen zu verwandeln. Sein Weg durch die Bioregionen der Erde: Suche nach seiner großen Liebe. Kampf mit einem schwarzen Wesen aus der Welt T-Her:

Der Leuchtende Pfad des Magiers. PFAD 1, 186 Seiten, handsigniert, nummeriert, limitiert auf 200 Exemplare, ISBN 9783930304035 sowie Neuauflage als Taschenbuch ISBN 9783743113763 und E-Book.

Wandlungen der Drei. PFAD 2. 194 Seiten, handsigniert, nummeriert: 50 Exemplare, ISBN 9783930304134 sowie Neuauflage als Taschenbuch ISBN 9783743196001 und E-Book.

Wüsten-Berges-Himmels-Weiten. PFAD 3, 180 Seiten, handsigniert, nummeriert, limitiert auf 50 Exemplare, ISBN 9783930304172 sowie Neuauflage als Taschenbuch ISBN 9783743159600 und E-Book.

Ins All - Im Eins. PFAD 4. 208 Seiten, handsigniert, nummeriert, limitiert auf 50 Exemplare, ISBN 9783930304141 sowie Neuauflage als Taschenbuch ISBN 9783743172883 und E-Book.

Der Schneckenkönig von Alexa E. Bach. Leben eines PFAD-Wesens. Suche eines intelligenten Schneckenwesens nach seinen Untertanen in einer menschenleeren Welt, die von Ameisenvölkern beherrscht wird. 76 Seiten, ISBN 9783842355873 und E-Book.

Lyrik von Rainar Nitzsche

Ewig sein in Stille. Meditative Lyrik. Rainar Nitzsche / Berthold Mallmann, 122 Seiten mit 21 Grafiken, nummeriert, handsigniert, limitiert auf 50 Exemplare, ISBN 9783930304264. Neuauflage Taschenbuch Rainar Nitzsche ISBN 9783741261312 und E-Book.

Klang über den Meeren der Zeit. Harald Fuchs / Rainar Nitzsche. 72 Seiten mit 31 Grafiken, nummeriert, handsigniert, limitiert auf 313 Exemplare, ISBN 9783930304073. Neuauflage Taschenbuch Rainar Nitzsche ISBN 9783738643411 und E-Book.

OM oder Das Rauschen der scheinbaren Leere. Meditative Lyrik. 80 Seiten, nummeriert, handsigniert, limitiert auf 316 Exemplare, ISBN 9783930304028. Neuauflage Taschenbuch ISBN 9783744869003 und E-Book.

wir ... menschen der erde. Natur, Untergang, Hoffnung, Neuanfang, Aufbruch ins All. 72 Seiten. Neuauflage Taschenbuch ISBN 9783744818629 und E-Book.

Die Zeit der Bäume. Rainar Nitzsche / Harald Fuchs, 60 Seiten mit 23 Grafiken, nummeriert, handsigniert, limitiert auf 304 Exemplare, ISBN 9783980210249. Neuauflage Taschenbuch Rainar Nitzsche ISBN 9783744814652 und E-Book.

Alien-Mutti und ihre Kinder